© Hannes Bachkönig, 2020

Autor, Umschlaggestaltung: Hannes Bachkönig

Verlag & Druck: tredition GmbH, Halenreie 40-44, 22359 Hamburg
ISBN: 978-3-347-14887-1 (Hardcover)
ISBN: 978-3-347-14886-4 (Paperback)

Das Werk, einschließlich seiner Teile, ist urheberrechtlich geschützt. Jede Verwertung ist ohne Zustimmung des Verlages und des Autors unzulässig. Dies gilt insbesondere für die elektronische oder sonstige Vervielfältigung, Übersetzung, Verbreitung und öffentliche Zugänglichmachung.

Bibliografische Information der Deutschen Nationalbibliothek:
Die Deutsche Nationalbibliothek verzeichnet diese Publikation in der Deutschen Nationalbibliografie; detaillierte bibliografische Daten sind im Internet über http://dnb.d-nb.de abrufbar.

Ohne den Kühlschrank in der Küche unseres Hauses gäbe es dieses Buch nicht; mein Dank geht an die Hersteller von Elektrogeräten, die ihnen ungewollt manchmal doch ein bisschen Leben einhauchen.

Karl war mein bester Freund, weil mein einziger. Menschen hatten in meinem Leben noch nie einen wichtigen Platz eingenommen, in manchen Phasen wurden sie von mir gar ins Abseits verbannt. Nervig und wichtigtuerisch kamen sie mir vor, als ob es nichts Größeres und Erhabeneres als die menschliche Rasse gäbe. Ich hatte mich oft zurückgezogen in meinen Kokon, schloss die Tür hinter mir mit dem Zurrgeräusch des Lebenszipps zu und verschanzte mich wochenlang in meiner Wohnung, bis, ja bis ich wieder die ekelerregende Nähe der Menschen suchte, um Tage später abermals eine Ausrede zu haben mich zurückziehen zu dürfen. Mich vor mir selbst zu rechtfertigen war mir schon immer ein Bedürfnis gewesen. Und immer wieder drehte ich den Spieß in mir um und zeigte mir mein Spiegelbild, wo dann im besten Falle eine Kreatur entgegenblickte, die mit gutem Gewissen von sich sagen konnte, sie sei ein wahrhaft aufrichtiger Zeitgenosse, stets gut zu Mensch und Tier und für jeden humanitären Großeinsatz bereit.

Doch schlummerte oft Böses im Körper des Entgegenblickenden, drohend im nächsten Augenblick auszubrechen, gleich einem Vulkan mit eruptiven Stößen seine Umgebung einem Bosartigkeitsschwall auszusetzen, um sich kurz danach wieder für den wochenlangen Schlaf zurückzuziehen.

Karl konnte mich davon abhalten, überzeugte er mich doch in seiner charmanten, heiteren Art, die Waffen niederzulegen und sich der Schönheit des Lebens hingeben zu müssen. Ich durfte ihn nicht lange kennen, unsere Lebenslinien verliefen nur ein paar Monate parallel. Doch in dieser kurzen Zeit lehrte er mich mehr als je ein Mensch zuvor es tat, was es heißt ein Aufrichtiger zu sein, immer bereit für den anderen einzuspringen, der Notfallschirm im Sprung anderer Leben zu sein. Ein Freund, den man lange sucht und kaum finden kann, da solche Wesen Mangelware sind in der immer kälter werdenden Zeit des digitalen Daseins.

Ich lernte Karl durch den puren Zufall kennen. Eines Abends schlenderte ich ein paar Straßen entlang, die nicht weit von meiner Wohnung waren, wieder einmal knapp vor dem Zuziehen des Lebenszipps. Die Tage zuvor hatten mir hart zugesetzt, ich wurde enttäuscht von Mensch und Gesellschaft und sowieso wie schon so oft dem Leben an sich. Die Ereignisse entzogen meiner Gesinnung die letzte Hoffnung an das Gute im Menschen.

Wie gesagt, ich ging so diese kaum befahrene Straße dahin, wollte die Seite wechseln und bog gedankenverloren vom Gehsteig ab. Es ging alles schnell. Kaum mit der Wimper gezuckt, verspürte ich einen Stoß und einen leichten Schmerz im linken Knie. Ein Auto hatte mich angefahren, zum Glück nur leicht touchiert und kaum verletzt. Es kam aus dem Nichts. Ob der Gedankenlosigkeit vernahm ich keinen Lichtkegel der Scheinwerfer und auch kein Fahrgeräusch. Zweites hat sich als erklärbar herausgestellt, da der Fahrer ein Elektroauto seit kurzem sein Eigen nennen durfte.

Er sprang aus dem Wagen, eilte mir entgegen, fragte, ob ich verletzt wäre oder er einen Krankenwagen rufen sollte. Ich merkte schnell, dass alles in Ordnung sein müsste. Das Knie spürte ich nicht, präzise gesagt, ich spürte keinen Schmerz im Knie. Ich betastete Außen- und Innenseite des Gelenks und schob die Kniescheibe langsam mit situationsangepasster Vorsicht hin und her. Mit besonnener Stimme bestätigte ich dem besorgten Fahrer, dass ich nicht verletzt wäre. Er atmete erleichtert auf, wollte sich entschuldigen, er hätte besser aufpassen müssen, er ….

Ich unterbrach ihn und nahm seiner Sorge Wind aus den Segeln, legte alle Schuld auf mich.

„Kein Grund zur Panik.", sagte ich. „Erstens bin ich anscheinend nicht verletzt, zweitens ist es rein meine Schuld. Ich hätte mehr aufpassen müssen. Das einzige, was ich Ihnen zur Last legen könnte, ist die Tatsache, dass Sie sich ein umweltschonendes und verdammt leises Auto gekauft haben und keines mit Verbrennungsmotor, welches Fußgänger klar und deutlich auf sein Kommen hinweist."
Der Mann vernahm die Ironie in meiner Aussage und begann zu lächeln. „Darf ich Sie auf einen Kaffee einladen, nur um den Schock mit Koffein zu dämpfen?", fragte er mit einnehmendem Grinsen im Gesicht.

So nahm alles seinen Lauf und Karl wurde der beste Freund, den ich seit jeher haben durfte. In den ersten Wochen nach dem Beinaheunfall trafen wir uns zwei-, dreimal. Danach wurden die Zusammenkünfte häufiger. Nach ein paar

Monaten verabredeten wir uns fast jeden Tag, da Karl und ich unweit voneinander entfernt liegende Arbeitsplätze hatten.

Unsere Gespräche waren häufig geistreich, nicht so ein Pläuschchen unter besten Freunden, wo es um Farbe von Reizwäsche oder Grunzlaute von Damen während der Suche nach dem G-Punkt geht. Nein, wir trudelten nach kurzem Vorgeplänkel meist recht schnell in die Tiefe. Karl war ein Kulturgenießer in jedem Belange. Mit ihm über Malerei oder Literatur zu philosophieren, kam oft einem geistigen Orgasmus nahe, der stundenlang anhalten konnte und es sogar oft übertraf. Dies alles hatte in meinem Leben einen wohlbehüteten Platz gefunden und erfüllte mein Grundbedürfnis nach dem täglichen Geisteserguss. Ich wurde süchtig nach Gesprächen mit Karl. Konnten wir uns mal an einem Tag nicht treffen, wurde ich im Laufe der Stunden zunehmend nervöser und fand keine Ruhe, bis wir eine nächste Verabredung vereinbarten.

Karl hatte die Begabung, Menschen mit wertvollen Inhalten zu füttern. Was ich damit meine, ist ein Bad in Preziositäten einer Kultiviertheit, die ich vor Karl nicht gekannt hatte. Die paar Monate mit meinem wertvollen Freund verbrachte ich mein Leben in einer Art Zeitlupe. Oft hört man Menschen behaupten, schöne und interessante Zeiten vergingen wie im Fluge. Diese These muss ich ob meiner Erfahrungen verneinen, obgleich sie natürlich weltweite subjektive Gültigkeit hatte, für jedermann und jederfrau auf spezielle Art und Weise, aber dennoch.

Jeder Satz, der über unser beider Lippen kam, vollgefüllt mit Esprit und Witz, ließ unsere gemeinsam verbrachte Zeit langsamer vergehen. Minuten wurden zu Stunden, Stunden zu Tage, und ich glaubte Karl schon äonenlang zu kennen, obgleich ich ihn erst vor Wochen zum ersten Mal getroffen hatte.

Eines Samstagmorgens wollte ich mein Frühstück zubereiten und öffnete die Kühlschranktür. Zum besseren Verständnis soll gesagt werden, dass Frühstück für die Bezeichnung dessen, was ich mir üblicherweise einverleibte, ein etwas übertriebener Begriff mit erwartungsschwangerem Inhalt war. Frühstück, das lassen sich viele Menschen auf der Zunge zergehen und verbinden damit ein Buffet sondergleichen, dargeboten mit hunderten von morgentlich verträglichen Leckerbissen, kredenzt mit dem wundervollen Aroma von südamerikanischem Kaffee, der einem in die Nase flieht und den Tag einen gelungenen vortäuschen lässt.

Ich zog dem obig Beschriebenen drei Tassen transkognitiven Kaffee vor, woher er auch immer gekommen wäre, und wenn es das engste, sonnenärmste Alpental gewesen wäre. Neben Kaffee gab es meist gar nichts, kein Küchentisch musste herhalten, um all die Tellerchen und Tässchen des Frühstücks zu beherbergen. Es reichte schlicht eine hundert Quadratzentimeter große Abstellfläche in Handreichweite meiner Sitzstatt.

Und just an diesem Morgen kam mir etwas verdächtig vor nach dem Öffnen des Kühlschrankes. Nicht die übliche, kühlende und auf der Haut angenehm darüberstreichende Luft kam mir entgegen, sondern es war abgestanden riechender Hauch von Zimmertemperatur. Ein zu diesem Zeitpunkt, und wie es sich auch später herausstellen musste, nicht definierbarer Defekt ließ das Haushaltsgerät sich von mir verabschieden. Gut, ich hatte ihn noch nie wirklich gemocht, obgleich er über Jahre hinweg immer gute Dienste getan hatte, aber dennoch übermannte mich ein leichtes Gefühl von Wehmut. Wird wohl ein simpler Anfall von Knausrigkeit gewesen sein, da ich unmittelbar nach der Feststellung des Todes an die Kosten einer Wiederanschaffung denken musste. Das gute, alte und unscheinbare Gerät musste weg, nach gesetzlich vorgeschriebenem Prozess entsorgt und verschrottet werden. Wieder ein elektrisches Gerät mehr auf dem Müllgebirge unseres Planeten. Was ging mich das an, ich brauchte einen Kühlschrank.

Jedoch wofür, kam mir in dem Augenblick in den Sinn. Was war schon drinnen gewesen in dem Gerät außer eine abgelaufene Portion Butter, etwas Käse und ein paar Tomaten. Es bot sich jeden Tag dasselbe Bild beim Öffnen der Kühlschranktür. Butter, Käse, Tomaten. Als ob ich nie etwas dem Kühlschrank entnommen hätte, als ob diese Nahrungsmittel schon seit Anschaffung des Gerätes darin gelagert hätten, ja als ob ich den Kühlschrank schon mit Butter, etwas Käse und ein paar Tomaten gekauft hätte.

Dennoch entschied ich mir einen neuen Kühlschrank anzuschaffen, um wieder Butter, etwas Käse und ein paar Tomaten darin zu lagern. Kleiner sollte er sein, das war mir in dem Augenblick bewusst, denn Butter, etwas Käse und ein paar Tomaten brauchen kaum Platz. Auch ein kleiner Kühlschrank sollte genug Freiraum bieten für eine Erweiterung des Speiseplans.

So war mir klar, heute war Samstag, die Geschäfte hatten bis siebzehn Uhr offen, und es war noch einige Stunden Zeit, um den größten Umbau in meiner Wohnung seit einem halben Jahr zu tätigen. Kühlschrankkauf, eine Aktion, die eines Mithelfers bedurfte, zudem ich von kleiner Gestalt und somit unfähig war, einen Kühlschrank, und wäre es auch ein kleines Gerät, mit meiner alleinigen Muskelkraft in den Fond meines Wagens zu heben, wieder herauszuheben und in meine Wohnung zu tragen.

Karl musste gefordert werden, er war der einzig Erlesene, der dem Schauspiel eines Kühlschrankkaufs würdig war. Er, als mein Lebensfreund, mein kongenialer Partner, konnte als einziger die Wichtigkeit dieser Situation erahnen und sie mit Kultiviertheit aufwerten.

Ich nahm mein Handy und rief Karl an. Dieser war selbst gerade auf dem Wege zu einem Einkauf und bat mich um die rasche Beendigung des Gespräches, da er keine Freisprechvorrichtung in seinem Wagen installiert hatte. Karl wusste, dass ihn Telefonate auf gefährliche Weise ablenkten, ja selbst einfache Gespräche mit Beifahrern ablenkten, denn Gespräche führten unweigerlich in philosophische Sphären, wo kein Platz mehr für die Orientierung im Stadtverkehr blieb. Ich bat ihn um Rückruf, der dann auch eine halbe Stunde später kam. Karl

entschuldigte sich für seine Unverfrorenheit, das Gespräch eiskalt abgewürgt zu haben und erkundigte sich über mein Anliegen. Ich erklärte ihm das Problem, für den es mit seiner Hilfe eine rasche Lösung geben könnte.
Karl hatte Zeit, er hätte auch Zeit gehabt, wenn er an sich keine gehabt hätte. Aber so war Karl, er konnte einem oft nur wenig Materielles geben, aber was immer mit dabei war im Geschenkspaket, war Zeit. Karl nahm sich für Freunde immens viel Zeit, so auch an diesem Tag.

Wir trafen uns vor dem Eingang eines Elektromarktes unweit meiner Wohnung. Karl strahlte über das ganze Gesicht, als er mir entgegeneilte. Er konnte kaum erwarten, mir bei der Auswahl des Kühlschrankes und dessen Abtransportes behilflich zu sein. Mein Freund Karl, auf den ich mich immer verlassen durfte.

Wir durchliefen die beiden Gänge mit beidseitig angebotenen Kühlschranktypen verschiedener Hersteller. Keines der Geräte entsprach meinen Vorstellungen, da ich ja kaum Vorstellungen oder Erwartungen hatte außer der Größe. Es durfte kein allzu großes Gerät sein, ja sogar das kleinste aller Geräte würde meinem asketischen Ernährungsstil genügen. Keiner der Kühlschränke sprach mich an, und daran sollte ich mich Wochen danach noch leidvoll erinnern müssen. Am Ende des zweiten Ganges jedoch kamen die kleineren Geräte zum Vorschein, in geringer Auswahl, von Auswahl konnte man gar nicht sprechen, denn es gab nur zwei Kühlschränke mit geringerem Volumen als die Standardgeräte hatten. Eines davon einen Deut kleiner, und das allerletzt gereihte noch etwas kleiner in Breite und Höhe. Dieses Kühlschränkchen musste einer Puppenküche entsprungen sein, kam mir in den Sinn, aber nichtsdestotrotz für meine Anforderungen geeignet. Zudem hatte es noch ungewöhnliches Design, lila in Erscheinung, auffällig gerundete Ecken, was schon einen Widerspruch in sich bedeutete, und ein mir plötzlich aufgefallenes liebliches Auftreten. Der Preis war für mich mehr als akzeptabel, ich hatte eine weitaus größere Ausgabe erwartet, was auch Karl goutierte. Auf meine Frage, was er wohl von diesem reizvollen Wohnungskollegen halten würde, erwiderte er ohne Zögern, dass dieser lila Kühlschrank mir gut zu Gesicht stände. Karl las ausführlich die technische Beschreibung, so als würde er alles verstehen, was ich auch annahm, denn Karl war eine seltene Ausgabe eines technikaffinen Philosophen. Eine Kombination, die vom Aussterben bedroht war. Es gab in der Kulturgeschichte vereinzelt Genies, die das erfüllten, seien es Leonardo da Vinci, Aristoteles oder auch Goethe gewesen, aber diese Art von Menschen zu finden glich einer Suche nach der Nadel im Heuhaufen.

Karl fand sich in allen Bereichen des Lebens zurecht, in den meisten mehr als nur einfach zurecht, und in vielen war Karl außerordentlich begabt. Ich kam mir neben ihm oft vor wie ein Niemand, ein Nichts, ein Unwissender, der manchmal mit Erinnerungsblitzen aufhorchen lassen wollte, aber im nächsten Augenblick zusammengeschlagen ob seines Mangels und Bedeutungslosigkeit dasaß und weiter zuhörte. Doch ich durfte dank der immer frequentierter werdenden Diskussionen und Ausflüge in die unendlichen Weiten des Geistes lernen und aufholen. Fünf Wochen nach dem von Karl verursachten Unfall ertappte ich mich während eines Gespräches beim Ausschweifen von Inhaltsfetzen in Gebiete, die ich vor der Freundschaft mit Karl nicht gekannt hatte. Ich konnte den Entwicklungsprozess meines Geistes beobachten, durfte sehen und spüren, was sich in mir tat. Es war wie eine Art Training, die Vorbereitungsphase auf einen Marathonlauf, wo die Strecken von Woche zu Woche gesteigert werden und man deutlich spürt, wie der Körper an Kraft und Ausdauer zulegt. So sah ich meinen Geist wachsen und sich entwickeln. Kraft und Ausdauer, Esprit gespickt mit kultivierten Gesprächsbeiträgen und die Fähigkeit das Niveau über Stunden, ja Tage hinweg halten zu können. Mein Leben hatte eine neue Qualität erfahren.

Karl nickte, was mich veranlasste, dem Verkäufer zu bestätigen, dass ich den Kühlschrank nähme. Nach der lästigen Pflicht an der Kasse fuhren Karl und ich im Uhrzeigersinn um das Firmengebäude, packten den Kühlschrank in den Wagen und fuhren zu meiner Wohnung. Obgleich ich kein fahrendes Raumwunder mein Eigen nennen konnte, hatte das neue Haushaltsgerät aber sowas von locker Platz, dass ich mich fragte, ob ich nicht doch besser einen größeren genommen hätte.
Karl vernahm meinen leisen Zweifel, hörte empathisch das lautlose Grübeln.

„Keine Sorge, der ist groß genug. Du bist ja kein großer Esser, und für mich als einzigen Besucher, ich nehme an, Du empfängst keine anderen, wird es reichen."

Karl wusste mich zu beruhigen, ich vertraute ihm ergeben. Wir schleppten, nein trugen mit Leichtigkeit das lila Haushaltsgerät in meine Wohnung im ersten Stock und stellten es auf den ihm zugewiesenen Platz. Karl war in dem Moment noch nicht klar, dass er den Tod unserer Beziehung in meiner Küche hingebungsvoll positionierte.

Der alte, ausgediente Kühlschrank stand noch im Winkel der Küche, wo ich ihn mit großer Mühe frühmorgens hingeschoben hatte. Mir war, als ob er voller Eifersucht auf seinen lila Konkurrenten schielte, aber es kam mir wohl nur so vor.

„Hast du noch etwas Zeit, um mir beim Runtertragen zu helfen?", bat ich Karl und deutete auf den alten, eifersüchtigen Schrank, der nicht mehr kühlte.

„Klar doch, für dich immer."

Bei Karl traf ich stets auf ein offenes Ohr und Herz. Und ginge die Welt unter, ich war mir sicher, bei Karl Unterschlupf gewährt zu bekommen und Lebensrettung.

Wir mühten uns mit dem alten Gerät in den Keller ab, wo er in eine Ecke meines Abteils gestellt wurde und der nächsten Sondermüllabholung harren musste. Karl hatte zu gehen, da er einer anderwärtigen Verpflichtung nachgehen musste. Nicht in seinem gewohnten Stil verabschiedete er sich recht kurz und bündig, zwar herzlich wie immer, aber dennoch kühler als sonst. Er stieg mit flinken Bewegungen in seinen Wagen und fuhr Richtung Stadtzentrum.

Zufrieden stand ich nun am Gehsteig, schaute Karl noch einige Sekunden hinterher, bedankte mich bei ihm schweigend für die Hilfe und machte mich dann langsam daran wieder zurück in meine Wohnung zu gelangen.

Als ich die Eingangstür aufmachte, spürte ich einen Schmerz im linken Fußknöchel, der wohl von einer Überbeanspruchung während des Kühlschranktransportes rührte. Es zog und pochte, ich musste innehalten und die Belastung auf das rechte Bein geben. Eine kurze Massage des schmerzenden Knöchels brachte etwas Linderung, und ich schenkte der Beeinträchtigung keine weitere Bedeutung mehr.

In der Küche angelangt stand ich nun sekundenlang regungslos vor dem neuen Haushaltsgerät. Das Lila der Oberfläche schimmerte im durch die verschmierten Fenster hereineilenden Tageslicht. Eine seltsame Farbe, die ich da ausgesucht hatte, durchfuhr es mich. Ich war noch nie Lilas Freund gewesen, aber dieses Mal hatte es mich angezogen, ja direkt verzaubert. Ich nahm den Stecker des Kühlschrankkabels in die Hand und steckte ihn ans Netz. Der übliche üble Geruch von neuem Gerät aus Kunststoff schwappte meiner Nase entgegen, als ich die Kühlschranktür öffnete. Das Licht brannte, wie es eben sein sollte. Und gerade in diesem Augenblick kam mir ein Gedanke in den Sinn, den ich noch nie zuvor gedacht hatte: Unbedarfte Menschen, die einen Kühlschrank ihr Eigen nennen konnten, müssten wohl glauben, dass die Innenbeleuchtung immer eingeschaltet war. Öffnete man die Tür, war das Licht an, schloss man die Tür, konnte man nicht Einsicht nehmen in das Innenleben des Kühlschrankes, und es gab für diese Menschen keinen Grund zur Annahme, dass sich der Betriebszustand der Beleuchtung geändert hätte. Welch offensichtliche Verschwendung von Energie! Wozu brauchen eine abgelaufene Portion Butter, etwas Käse und ein paar Tomaten für ihr Daseinsfristen Licht? Unterhalten könnten sie sich miteinander ja auch im Dunkeln, falls es so etwas jemals geben sollte.

Zum Glück waren wir Menschen aber schon seit Entdeckung der Elektrizität aufgeklärt worden, hatten schon immer Einsicht in die Ideen und Erfindungen von Genies, und es war schon immer jedem klar gewesen, dass beim Schließvorgang der Kühlschranktür ein kleiner Schalter betätigt und das Licht ausgeschaltet wird.

Ich schloss für ein paar Sekunden die Tür, um mich davon zu überzeugen, dass ich noch immer der Meinung war, dass bei meinem Kühlschrank nicht darauf vergessen wurde, den Schalter einzubauen. Ich könnte es natürlich durch Drücken des Schalters bei offener Tür überprüfen, aber ich wollte meinen noch in gewissem Maße vorherrschenden Vertrauenspegel bestätigt genießen.

So stand er nun vor mir, mein neuer Kühlschrank, mit eingeschaltetem Licht zeigte er mir sein noch unerfülltes Seelenleben. ‚Einkaufen' durchfuhr es mich, einkaufen musste ich, ich hatte ja nichts Essbares mehr zuhause außer

ein paar Packungen Chips und Äpfel, was keiner Kühlung bedurfte.
Sanft und mit Bedacht schloss ich die Kühlschranktür, und ich ertappte mich dabei, dem Gerät ein Augenzwinkern und eine verbale Verabschiedung zugeworfen zu haben.

Eine Stunde später stand ich erneut vor dem Gerät und öffnete ihn mit einem Gefühl der Erregtheit, da ich doch die jungfräuliche Füllung tätigen durfte. Ich platzierte Butter, Käse und Tomaten an geeigneten Orten der Lagerung, was mir gar schwerfiel, da ich von der Reinheit des Gerätes überfordert war. Dennoch drapierte ich die Lebensmittel im Innenraum in einem für mich außerordentlich guten Stil, ließ ich doch jedem seinen Freiraum und gewährte dennoch Nähe zum anderen.

Ich strich mit meiner linken Hand über die lila schimmernde Seitenwand des Kühlschrankes und schloss mit einem Lächeln im Gesicht die Tür. Als ich mich wegdrehen wollte, war mir als ob ein leises Wimmern von einem Hundewelpen zu hören war. Ich hielt kurz inne, lauschte und drehte mich dann endgültig weg, da ich wusste, es kam von der Straße.

Karl rief mich am nächsten Tag an und fragte, ob ich Lust hätte, ihn und ein paar seiner musischen Freunde ins Kunstmuseum zu begleiten.
‚Gerne' meinte ich, und Karl informierte mich über den vereinbarten Treffpunkt.
Schon einige Male waren wir beide in Museen gewesen, schlenderten durch die historienschwangeren Hallen mit

behängten Wänden, Gemälde mit dezimeterbreiten verschnörkelten Holzrahmen versehen, wurmstichig des Alters wegen, aber gerade das verlieh ihnen den nötigen Stolz, um vorbeiziehende Menschen in Ehrfurcht verfallen zu lassen vor der verflossenen Zeit, ihres geschätzten Wissens und einem Tick von Snobismus. Karl bei seinen Erläuterungen zuzuhören, die nie überheblich klangen, stets auf einer Welle von Leidenschaft für alles Musische aufbereitet wurden, war immer ein sinnliches Vergnügen. Er gehörte einer seltenen Spezies Mensch an, die, wo immer und in welcher Situation sie sich auch befindet, der Schönheit der Welt etwas abgewinnen kann. Unendlich optimistisch, immer ein positives Wort in petto habend, die zu Mensch gewordene Intension die Welt verschönern zu wollen.

Jede Stunde länger, die ich mit Karl und unseren philosophischen Diskursen verbringen durfte, ließ meinen Geist, meine Seele und zwangsläufig auch meinen Körper verändern. Während meiner Freundschaftsbeziehung zu Karl wurde mir zum ersten Mal bewusst, wie wichtig doch solche Ausflüge menschlichen Geistes für die Entwicklung und das Finden zu sich selbst waren. Ich kam zur Erkenntnis, dass jedem Menschen ab Eintritt der Pubertät ein musisch-philosophischer Lebensdiskussionspartner vom Sozialministerium zur Verfügung gestellt werden sollte. Das würde einen Deut mehr Frieden in all unser Leben bringen und mehr Zufriedenheit.

In Zukunft wird diesen Job wohl ein Roboter übernehmen, hörte ich mein Stammhirn schwarzmalen, ein Roboter, der dein ständiger Begleiter sein wird, egal wohin du dich bewegst. Der Gedanke daran ließ mir die Gänsehaut über den Rücken laufen.

Was aber, wenn ich bereits unbewusster Teil dieses Regierungsprogrammes war, wenn ich von denen da oben ohne es zu wissen als Mental Crash Test Dummy ausgewählt fungierte, und Karl mein zuvor erwähnter Roboter-Begleiter war? Was aber, wenn ich nie dahinterkommen würde, dass in Karls Adern kein Blut fließt sondern Strom? Was aber, wenn ich in naher Zukunft dahinterkommen würde, dass mich der Staat missbraucht, zwar einem hehren Zwecke dienend aber dennoch missbraucht?

Was aber, wenn ich diesen Gedanken nie gedacht hätte?
Ich würde es merken, war ich überzeugt, ich würde merken, wenn Karl nicht Karl wäre, wenn er sich nur um mein Seelenheil kümmerte, um die Regierungspläne zu erfüllen und nicht um seinen eigenen Drang nach freundschaftlichen Beziehungen.

Tags darauf schlenderte ich zum vereinbarten Treffpunkt vor dem Kunstmuseum. Ich musste nicht lange warten, erschienen auch schon alle anderen. Karl stellte mich seinen Freunden vor, eine illustre Runde von Seinesgleichen, sinnesgeschärft, immer zum passenden Zeitpunkt ein Bonmot auf den Lippen und eine spezielle Art von Gutmenschen.
Ich fand mich schnell ein in die Runde, fühlte, dass ich gut aufgenommen wurde und mich einfach wohl. Das Kunstmuseum als eines der größten Museen Mitteleuropas

barg manch verborgenen Schatz in sich, den es erst beim dritten oder vierten Besuch zu erkunden gelang. So auch an diesem Tag, wo ich in einem abgelegenen Raum - ich war sicher, diesen noch nie zuvor betreten zu haben - ein bekanntes Gemälde von Renoir erblickte, das mich eine Viertelstunde in seinen Bann zog. Die Regenschirme aus dem Jahre 1886, ein Bild von simplem Gemüte und doch voller Intensität, zeigte es doch das Pariser Alltagsleben vor mehr als hundert Jahren, als Familien in Gedränge Spaziergänge im Regen unternahmen. Oder hatte die Sonne geschienen? Nein, ich konnte mich nicht erinnern, Schatten vernommen zu haben.

Die anderen warteten bereits auf mich. „Na, hast du dich in die lieblichen Pariser Mädchen verliebt?", scherzte Manfred, der Kunstmäzen und einer von Karls besten mir bis damals unbekannten Freunden.

„Zu dieser Zeit hatten die Menschen mehr Spaß am Leben, es wurde nicht alles so ernst genommen, und Paris war der Sündennabel der Welt."

„In der Tat eine interessante Epoche, in der ich gerne gelebt hätte.", entgegnete ich.

„Aber dennoch finde ich das Heute besser und erstrebenswerter, obwohl man alle Minuten von Gräueltaten hier und dort in den Medien erfährt. Eben diese Medien verfälschen unseren Eindruck von der Welt, wir stecken alle zu sehr mitten drinnen und glauben, auf den Fortgang unser aller Leben Einfluss zu haben, obwohl dem nicht so ist."

Manfred verzog seine Miene und beäugte mich misstrauisch. Anscheinend fuhr ihm meine Meinung über die heutige Zeit gegen den Strich.

Wir schlenderten eine Weile dahin, von Gemälde zu Skulptur, von Skulptur zu Gemälde. Ich beobachtete Karl, wie er mit seinen Freunden scherzte, zuweilen ernsthaft diskutierte, dann wieder in schallendes Lachen ausbrach.
Plötzlich war es mir, als ob eine Stimme aus der Ferne mir etwas sagen wollte. Hörte ich Museumsbesucher aus dem anderen Raum? War es eine Durchsage aus der Lautsprecheranlage? Verstört blickte ich um mich, ein bekanntes Gesicht suchend, eines, dessen Mund sich sprechend bewegte und mir Gesagtes entgegen schleuderte. Aber ohne Erfolg, keines der Gesichter um mich herum kam mir vertraut vor, außer natürlich Karls und dessen Freunde.

Wieder spürte ich eine Stimme. Nicht hörte ich sie, nein, ich spürte sie. Ich konnte keine Aussage zur Tonhöhe machen, ob die Stimme aus dem Munde einer jungen Frau oder eines greisen Mannes kam. Lediglich ein Gefühl nahm von mir Besitz, sagte mir, dass ich mich von der Gruppe abwenden müsse, von Karl und seinen Freunden. Erst Sekunden später erschrak ich vor diesem unheimlichen Gefühl, es kann doch nicht sein, dass ich plötzlich Abscheu vor Karl verspürte, das konnte nicht sein, das durfte nicht sein. Und dann plötzlich erinnerte ich mich, dass ich die Kühlschranktür in meiner Küche offengelassen hatte. Unbehagen übermannte mich, ja sogar ein Quäntchen Panik. Ich versuchte Karl zu erklären, dass ich nach Hause musste, versuchte eine Ausrede zu finden, die glaubhafter und demonstrativer war als simpel eine offen gelassene Kühlschranktür, zumal Karl ja wusste, dass in meinem Kühlschrank immer nur die abgelaufene Portion Butter, etwas Käse und ein paar Tomaten Unterschlupf fanden. Die eingeschaltete Herdplatte fiel mir passend zur Situation ein, obwohl, wann hatte ich schon mal die Herdplatte eingeschaltet. Dennoch versuchte ich es mit dieser Ausrede, ich malte noch gekonnt den Teufel an die Wand in Form eines Küchenbrandes.

Alle hatten Verständnis, und ich konnte mich getrost verabschieden ohne schlechtes Gewissen oder Wissen, jemand vors Gesicht gestoßen zu haben.
So eilte ich so rasch es ging nach Hause, getrieben von einer unbekannten Kraft. Es war mir schlicht klar, dass dies höchste Priorität hatte, aus welchem Grunde auch immer.

Zuhause angelangt konnte ich mich selbstverständlich davon überzeugen, dass weder die Kühlschranktür offen stand noch eine Herdplatte eingeschaltet geblieben war. In dem Moment, als ich die geschlossene Kühlschranktür sah, spürte ich Erleichterung, fiel die Last der unbekannten Stimme von mir und ein Glücksgefühl durchfuhr meinen Körper, und dennoch wuchs eine Angst in mir, eine Angst vor dem Unheimlichen, dem Unbekannten.

Was in aller Welt hatte ich da nur gespürt? Was kam mir wie eine Stimme aus meinem Innersten vor, die mich leitete, die mich zwang, der vermeintlich offen gebliebenen Kühlschranktür wegen nach Hause zu hetzen?

Ich versuchte, dies Erlebnis als unwichtig abzutun und vertrieb mir die Zeit mit anderen Aktivitäten wie den langsam und chaotisch durch den Raum schwebenden Staubteilchen beim Flug zusehen, auf die Wanduhr blicken und dem Sekundenzeiger während des Rundendrehens Anfeuerungsrufe zubrüllen. Ich ließ mich wie erhofft ablenken, was aber nur ein paar Stunden andauerte. Meine innere Stimme umklammerte mich. Kaum auf das Sofa zum Entspannen gebettet, übermannte mich ein seltsames Gefühl des Gedrängtwerdens. Die nicht hörbare Stimme trat erneut mit nicht hilfreichen Ratschlägen in mein Leben, ich fühlte mich genötigt, versuchte wieder Entspannung zu finden und schlief dann plötzlich ein, obwohl ich noch keine Müdigkeit verspürte.

Am Sofa liegend verbrachte ich mehr als zwei Tage in einem körperstarren Zustand, obgleich es in meinem Kopf zuging wie am Jahrmarkt. Ich hatte mit Angriffen von rosa Männchen zu kämpfen, die nahezu dem Klischee von Außerirdischen entsprachen. Dünne, gewundene Beine, dünner Rumpf, noch dünnere, lange Arme und ein im Verhältnis zu allem anderen recht großer Kopf, der gesamte Körper unbehaart und riesige, schwarz pupillierte Augen. Diese Aliens hatten die Aufgabe auf der Erde übernommen, uns Menschen zu dienen und das weltweite Transportwesen, sowohl Personen- als auch Gütertransport, zu leiten. Es gab keine Straßen oder Schienenwege mehr auf dem Boden. Stattdessen hatte sich ein regelrechtes Adernetz von Regenwaldbaumalleen über die gesamte Landfläche ausgebreitet, das die Sauerstoffversorgung der Erde übernehmen musste.

Personen und Güter wurden mittels Drohnen in Windeseile durch die Lüfte transportiert. Diese Drohnen, ich staunte sogar im Schlaf, ähnelten aber keineswegs den bekannten mechatronischen Flugkonstrukten, sondern waren eben Drohnen, riesigen männlichen Bienen gleich, mit bis zu vierzig Meter Körperdurchmesser und zweihundert Meter Länge. Es gab auch kleinere, ja sogar winzige Drohnen, fast bis zur Größe einer der Fauna entsprungenen Bienendrohne geschrumpfte, die für Transporte von Kleinstteilen verwendet wurden, USB-Sticks etwa.

Die Menschen meines Traumes kamen sich vor wie in einer immensen Einflugschneise eines Bienenstocks, mit dem einzigen Unterschied, dass alles ohne jeglichen Lärm vor sich ging. Die Flugobjekte zogen lautlos ihre Bahnen durch die Lüfte, gesteuert von Aliens, von denen jeder die Verantwortung für einen Einzeltransport übernommen hatte. Und diese Verantwortung musste dramatisch ernst genommen werden, da ein Versagen eines Transportes, sei es verursacht durch Unpünktlichkeit oder technisches Gebrechen, mit dem unweigerlichen Tod des Verantwortlichen geendet hätte.

In dieser schadstoff- und lärmfreien Welt träumte ich dahin, ließ mich von einer fünfzig Zentimeter langen Drohne über das Land fliegen, über meine Heimatstadt und die Berge, über die ich schon immer gerne mit dem Fahrrad gehetzt war. Ich zog über bekannte Parkanlagen und Hinterhöfe, über Regenwaldbaumalleen, in denen vor langer Zeit einmal Verbrennungsmotoren brummten und die Umwelt verpesteten. Ich flog über eine Harmonie von Wesen und Natur, bis, ja bis neben mir ein Flugobjekt abstürzte und der verantwortliche Alien tot in sich zusammensackte und schrumpfte, bis sich sein Körper durch ein millimetergroßes, schwarzes Loch verabschiedete.

Dann wachte ich auf und stellte fest, dass ich siebenundfünfzig Stunden geschlafen hatte. Ich war verwirrt des Traumes wegen. Sollte mir dieser eine Botschaft zugesendet haben? Oder war es schlicht nur ein unbedeutender Traum, einer von bisher vielen unbedeutenden geträumten? Ich nahm ihn als für mein Leben unwichtig, tat ihn ab als belanglosen Traum. Einzig blieb in mir das Bewusstsein übrig, dass die Farbe Rosa der Feind von Lila war.

Karl hatte schon einige Male versucht mich telefonisch zu erreichen, was aber meines siebenundfünfzig Stunden währenden Traumes wegen nicht gelang. Er musste Schlimmes durch- und sich Sorgen um mich gemacht haben, denn einige Minuten nach meinem Erwachen pochte es an der Tür, und ich sah Karls großformatiges, weil fischaugengezoomtes Gesicht durch den Türspäher, das einen betrübten Eindruck machte.
„Was ist los mit Dir?", schrie er sichtlich erzürnt während er die Tür aufdrückte und in die Wohnung lief.
„Ich habe die letzten zwei Tage unzählige Male versucht Dich anzurufen. Und Du hebst einfach nicht ab!"

Ich wollte ihm erklären, dass ich siebenundfünfzig Stunden geschlafen hatte, ließ es dann aber, denn er hätte es mir wohl nicht abgenommen, und ich wollte unser gegenseitiges Vertrauensverhältnis nicht beeinträchtigen.
„Ich, ich war zwei Tage bei meiner Schwester."
„Das ist doch kein Grund mich nicht rückzurufen, oder?", beklagte sich Karl und ahnte vermutlich den Schwindel.
„Der Akku war leer, und meine Schwester hat keine Steckdose." Das war die erste Idee einer Erklärung, die über meine Lippen den Weg zu Karl fand.
„Ich weiß, dass Deine Schwester keine Steckdose hat, aber die Wände ihrer Wohnung sollten doch eine haben, oder bist Du nie auf den Gedanken gekommen die Wände danach abzusuchen?", beschwerte sich Karl sichtlich empört.

Ich versuchte ihn zu beschwichtigen, sagte, dass es mir leidtat und ich einfach mit meiner Schwester zwei Tage ganz alleine sein wollte, da ich sie doch schon drei Jahre nicht mehr treffen konnte. In diesem Augenblick fiel mir ein, dass ich ja gar keine Schwester hatte. Zum Glück wusste das Karl nicht, und sein Gesichtsausdruck zeigte weder Argwohn noch Verdacht.

„Das nächste Mal ruf mich zurück. Du kannst Dir sicher vorstellen, dass ich mir große Sorgen gemacht hab.", ermahnte mich Karl.

Ich versicherte ihm, dass dies nie mehr passieren werde, und plötzlich schoss mir der Gedanke in den Kopf, dass wir uns bereits wie ein langjähriges Ehepaar benahmen, was wiederum ein flaues Gefühl im Kopf hinterließ. Sollte es um Karl und mich schon so ernst geworden sein?

Karl beruhigte sich schnell wieder, und wir saßen bald darauf im Wohnzimmer bei einer Tasse Kaffee, wie üblich beide schwarz ohne allem. Er erzählte mir, was nach meiner Flucht aus dem Kunstmuseum noch alles abgelaufen war. Er hatte sich mit seinen Freunden nach dem Museumsbesuch noch im Café Landhaus vergnügt, verbrachte mit ihnen dort einige Stunden in rauchschwangerer Atmosphäre und bei guten Gesprächen. Die Kunstwerke im Museum hatten eine Diskussion über Sinn und Zweck von Restaurierungen entfacht, und Karl gab sich als Verfechter des Vergilbens. Wenn es nach ihm ginge, dürfte kein Cent ausgegeben werden, um Kunstwerke zu restaurieren oder am Leben zu halten. Jegliches ist der Vergänglichkeit ausgeliefert, sogar Felsmassive und überhaupt unser Planet. Warum deshalb auch nicht Kunstwerke. Karl war noch nie ein Freund von daseinsverlängernden Maßnahmen, weder von jenen in Krankenhäusern noch was Totes betrifft, sprich Dinge.
Gott hatte nie vorgehabt in den natürlichen Ablauf einzugreifen, war Karls Auffassung von der Entstehung der Welt. Dieses Thema hatte uns schon einige diskursive Abende bereitet, die schwer an meiner Substanz genagt, jedoch himmlisches Vergnügen bereitet hatten. Über unseren Köpfen schwebte stets die ultimative Frage, ob der Mensch das Recht hätte, in Abläufe einzugreifen und den Lauf der Dinge massiv zu beeinflussen, sprich zu verlängern. Zugegeben, es gab schon immer Grenzen, deren

Überschreitung als Lästerung betrachtet werden konnten, dennoch stimmte ich Karl zu, dass bis zu einem nicht zu definierenden Grad der Mensch rechtlich gesehen nicht gehindert werden konnte einzugreifen. Wer aber setzt diese Grenzen fest? Es ist wiederum der Mensch, und da beißt sich die Katze in den Schwanz.

Ich hörte ein seltsames Knistern, das wie das meilenweit entfernte Krachen eines kalbenden Gletschers klang. „Hast Du das gehört?", fragte ich Karl.

„Was meinst Du?"

„Na dieses eigenartige Knistern, das da aus der Küche gekommen ist."

„Keine Ahnung, was Du gehört hast.", erwiderte Karl in einem Ton, der mich als paranoid veranlagt anprangerte.

Ich wagte es nicht, das Gespräch über dieses Geräusch weiterzuführen, um Karls Mutmaßungen nicht noch mehr zu unterstützen. Vermutlich kam das Knistern von der Straße, die um diese Tageszeit noch stark befahren war. Ich schenkte dem keine weitere Aufmerksamkeit, und Karl schilderte mir den Ablauf des Museumbesuchstages zu Ende.

Der Abend verging wie schon viele zuvor, Ergüsse zweier theoretischer Leben mit offenen Enden, die einer Fortsetzung bedurften. Karl verabschiedete sich nicht ohne eine nächste Zusammenkunft mit mir vereinbart zu haben.

So stand nichts mehr schwankend im Raum. Die Vergänglichkeitsdiskussion wird durch eine weitere Spirale ihrem Ende entgegenfliegen müssen.

Nachdem Karls Schritte im Stiegenhaus langsam verhallten, musste ich an all die nahrhaften Gespräche der letzten Monate denken, an all die philosophieschwangeren Dispute, die ich mir mit Karl lieferte. Ich musste feststellen, dass wir beide ein Leben in vollkommener Theorie lebten, mit so manchen kurzen Exkursen in die Praxis, aber doch meist beharrlich in der Theorie verschanzend. Ich empfand mich in diesem Augenblick als minderwertig, als eine Person, unfähig das normale Leben der anderen zu leben. Rückblickend bis zu dem Tag, an dem ich Karl zum ersten Mal getroffen hatte, musste ich mir nun eingestehen, dass mein Leben vor Karl um einiges näher einem gewöhnlichen Leben gewesen war. Damals hatte ich auch öden, banalen Spaß gehabt, Kleinigkeiten, die unsinnig waren aber einfach nur Freude machten. Karls Eindringtiefe in mein Leben ging einher mit dem Verblassen meines früheren simplen Lebens. Ich vergaß zunehmend schneller, was es hieß, über einen Scheißdreck zu lachen, aus Schadenfreude zu kichern oder mich über meine eigenen Blödheiten lustig zu machen.

Ich wachte wegen der Sonne, die durch das offen gelassene Fenster meines Schlafzimmers drang, bereits um sieben Uhr auf. Es war Samstag, und ich hatte keine Pläne. Das war gut so. Es ist in den letzten Wochen selten vorgekommen, dass Karl und ich keine gemeinsamen Pläne hatten. Wir hatten uns jeden Tag getroffen, das unsichtbare Band wurde weniger und weniger spannbar, eine geheime Kraft zog uns an, so weit, dass wir kaum einen Tag ohne einander leben konnten. Frühmorgens aufgewacht, sehnte ich mich schon nach Karls Geistesergüssen. Rein platonisch, ja, es gab kaum körperliche Annäherung, vielleicht mal eine augenzwinkerkurze Umarmung nach einer langen Durststrecke von zwei Tagen, doch meist ein einfaches und von außen betrachtet sehr offizielles und distanziertes Händeschütteln. Wohl war dies bedacht angewandt, damit die öffentliche Welt von unserer intimen geistigen Beziehung keine Notiz nehmen konnte.

Ich drehte mich im Bett, spürte das Blut langsam durch meine Glieder fließen und machte mich daran aufzustehen. Da war es mir, als ob ich von einem Zimmer meiner Wohnung eine Stimme hörte. Ich schrak zurück unter mein Laken und verdammte mein waffenloses Leben. Mit flachem Atem harrte ich eine Minute aus, zog das Tuch ein wenig vom Kopf, sodass mein linkes Ohr jedwedes Flüstern aus dem Wohnzimmer oder aus der Küche vernehmen musste.

Nichts, kein Geräusch.

In Zeitlupe streckte ich ein Bein aus dem Bett, trat auf gefolgt vom zweiten Bein, wuchtete behände meinen Oberkörper nach oben und schlich leisen Schrittes zur Schlafzimmertür.

Nichts, kein Geräusch.

Ich hatte mich wohl geirrt. Die Tür gab keinen Laut von sich, als ich sie öffnete um ins Wohnzimmer zu treten.

Schon ging ich schnelleren Schrittes Richtung Toilette, als ich wieder eine Stimme vernahm, jetzt schon lauter. Eine Kinderstimme, hochfrequent und leise, nur ein, zwei Wörter, ein Kind. Mit an Sicherheit grenzender Wahrscheinlichkeit konnte kein Kind in meiner Wohnung sein. Erstens hatte ich am Vorabend wie immer die Wohnungstür zugesperrt, zweitens hatten weder ich noch Karl noch irgendwelche besser Bekannten Kinder.

Ja, ich war so, ein Mensch, der keine Freunde mit Kindern hatte. Musste ich mir deshalb Sorgen machen? Nicht jetzt, nicht in dieser Situation, vielleicht später, wenn ich wieder Zeit haben sollte.

Kein Mucks, nichts mehr zu hören. Ich ging langsam zur Küchentür, die einen schmalen Spalt offenstand und wollte sie weiter aufmachen, da entfloh die Türklinke meiner Hand und die Tür öffnete sich in genau der Geschwindigkeit, wie ich meine Hand ihr annäherte. Ich zuckte zurück, erschauerte. Was ging hier vor? Träumte oder wachte ich?

Ein Blick durch die nun gänzlich offenstehende Küchentür bestätigte mir, dass niemand anwesend war. Vermutlich ist es die Zugluft gewesen, die die Tür aufgedrückt hatte, beruhigte ich mich mit einer Sicherheit, die meinen Puls wieder auf normalen Takt zurückführte. Ich musste mich abermals vergewissern und blickte in der Küche von Wand zu Wand und auch durch die geschlossene Terrassentür, die von der Küche in den Hinterhof führte. Ich konnte nichts Verdächtiges bemerken.

Gemächlich machte ich mich an das Frühstück. Ich hatte schon immer die Angewohnheit gehabt, kaum aus dem Bett geschlüpft auch schon etwas zwischen die Zähne bekommen zu müssen. Hygiene am Morgen wurde verschoben, und das aus Prinzip, denn was hat für einen passionierten Single die morgendliche Hygiene schon Wichtigkeit an sich?

Ein Glas in der Hand wollte ich mich daran machen, kalten Orangensaft aus dem Kühlschrank zu nehmen, und in dem Augenblick, als meine Hand nach der Kühlschranktür fassen wollte, hörte ich wieder die Stimme.

„Mama."

Ich versuchte ohne Atemzug starr stehen zu bleiben, zog auch meinen Arm nicht zurück, der also ausgestreckt und etwa zehn Zentimeter vom Kühlschranktürgriff entfernt mitten im Raum bewegungslos verharrte, einem Exponat der Körperwelten gleich. Eine Ewigkeit lang blieb ich in dieser Haltung, bis mir mein Überlebensdrang dazu zwang wieder zu atmen. Die Ewigkeit wird wohl längstens eine halbe Minute gewesen sein, aber in Notsituationen, wo du um dein Leben bangst und Todesängste ausstehst, werden Sekunden zu Tage und Minuten zu Ewigkeiten.

Endlich kippte ich wieder zurück ins normale Leben, zog den Arm ein und schreckte langsam nach hinten.

Mama? Hatte ich richtig gehört?

Mama?

Wer um Himmels Willen hatte soeben nach mir ‚Mama' gerufen? Es war eine hohe Stimme, wie jene von vorhin, die ich aus dem Schlafzimmer vernommen hatte. Kann es sein, dass sich ein Kind in meiner Wohnung befand?

Ich versuchte mich an den gestrigen Abend zu erinnern, an alles, was ich getan hatte und tun hätte können ohne mich bewusst daran zu erinnern. Ich fand keine Lücken, keine Perioden, die nicht gespeichert waren. Alles vom gestrigen Abend war noch so lebhaft in meinem Gedächtnis, und da war keine Sekunde, wo ein Kind auch nur die kleinste Rolle gespielt hatte.

Wieso sollte in meinem Leben ein Kind auch eine Rolle spielen? Hatte es noch nie getan.

Aber da war zuvor klar und deutlich die Stimme, die ‚Mama' zu mir sagte!

Ich wollte mich gerade zur Terrassentür drehen, da kam ein gedämpftes Knistern und Krachen aus dem Kühlschrank, nur zwei, drei Sekunden lang. Dann Stille. Und dann wieder die Stimme.

„Mama."

Nicht aufdringlich, nein, höflich und dezent. Ein höfliches, dezentes „Mama" kam aus Richtung des Kühlschrankes auf mich zu.

Mir drohte der Verlust meiner Besinnung. Nur meiner Geistesgegenwärtigkeit hatte ich es zu verdanken, nicht zu Boden zu sinken und in Ohnmacht zu fallen. Ich konnte mich gerade noch an der Tischkante abstützen, ohne sie wär's um mich verloren gewesen.

‚Mama' war alles, was ich verstehen konnte. Nicht nur was ich verstehen konnte, sondern was überhaupt gesprochen wurde. Herrschaftszeiten, jetzt dachte ich schon an Sprache, an Laute, die einem Lebewesen entflohen! Es war niemand in der Wohnung außer mir, kein Mensch, der nicht jenen Körper, der soeben eine halbe Minute lang den Arm regungslos im Raum stehen ließ, sein Eigen nennen durfte. Auch erblickte ich kein Tier. Welches zum Teufel sollte aber auch ‚Mama' zu mir sagen.

Abermals war ‚Mama' zu hören, begleitet von einem dezenten Krachen gepaart mit leisem, kameradschaftlichen Knistern, das zwei, drei Sekunden andauerte. Ich vermochte jetzt mit etwas kühlerem Kopf die Situation zu erforschen und war mir sicher, die Stimmquelle saß im Kühlschrank. Der Gedanke, dass sich tatsächlich ein Tier im Gerät eingenistet hatte, das Verkäufer im Elektrogeschäft und auch ich selbst nie bemerkt hatten, freundete sich mit meiner Erwartung an, und ich zog vorsichtig am Türgriff.

Natürlich war mir bewusst, dass für den Fall, es sollte sich um ein Tier handeln, der Angstlaut des gequälten Tieres nur dem menschlichen Wort täuschend ähnlich klang und ich daher der Verwechslung anheimfiel.

Der Schein der Innenbeleuchtung wurde heller, und ich zog die Tür zur Gänze auf.
Nichts.

Keine Bewegung im Schrank. Kein Tier sprang mir wie befürchtet aus einer Mischung von Existenzangst und Selbstverteidigung an die Kehle. Kein Laut.

Ich war enttäuscht. Schon hatte ich mit dem Gedanken gespielt, heroisch einem Lebewesen die Freiheit wiederzugeben und es vom ‚morte sicuro' gerettet zu haben. Aber für die Ernennung zum Helden hatte die Stunde anscheinend noch nicht geschlagen.

Ich tat alles als ein Missverständnis oder eine Sinnestäuschung ab und hatte gerade die Kühlschranktür geschlossen, als ich jemanden „Neeee" sagen hörte, so wie es typisch ist für Deutschland nördlich des Weißwurschtäquators. Es kam aus dem Kühlschrank, aber bei genauem Hinhören der wiederholten Aussage konnte ich orten, dass es teilweise aus, teilweise von der Hinterseite des Gerätes stammte. Es war ein Originalton des Küchengerätes, der Kühlschrank hatte zu mir gesprochen, er vermochte sich mit einem Homo Sapiens zu verständigen!

Ich ertappte mich dabei, dem Gehörten Glauben zu schenken, auch meiner Vermutung, und ich negierte einen Bruchteil einer Sekunde danach bereits das zuvor Gedachte und Geglaubte. Das konnte, wollte und durfte nicht sein. Dies war schier unmöglich, hatte ich doch noch nie an Wunder geglaubt.

„Neeee, neiiiiii."
Ich erschrak und zuckte zurück. Wieder kam es eindeutig vom Kühlschrank.
„Was soll das? Willst Du mich frotzeln oder ins Narrenhaus bringen?"
Jetzt erwiderte ich sogar die kühlen Aussagen des Schrankes. Weit war ich gekommen. Halluzinierend glaubte

ich mich dastehen, den Kühlschrank anstarren und ungläubig auf weitere Laute warten.

Erneut verlautete das Gerät ein „Neiiii".

Ich war leicht erbost. „Warum ‚Neiiii' und nicht ‚Neiiiin'?"

Sekundenlange Stille, ich setzte mich an den Küchentisch und wartete auf eine Antwort.

Minutenlange Stille.

Das wird es wohl gewesen sein, nahm ich an, das wird wohl das Ende meiner verwirrten Sinnestäuschung gewesen sein.

Ich blieb noch acht Minuten sitzen in furchtvoller Erwartung.

Doch nichts. Kein weiteres Geräusch.

Als ob sich das Tier im Kühlschrank schlafen gelegt hätte. Morgen, ja morgen würden wir wohl eine weitere Konversation starten, ich schlug dem Gerät vor, während des Frühstücks, Brot mit abgelaufener Butter, etwas Käse und ein paar Tomaten, fortzufahren.

Kein Widerspruch, für mich so gut wie eine Bestätigung.

Ich ging verwirrt, voller Sorge um mich selbst, nicht um das Küchengerät, und angsterfüllt ins Bett, das Laken bis über den Kopf gezogen.

Angst war wieder einmal Begleiter meines Alltags oder besser gesagt meiner Allnacht geworden.

Halb sechs Uhr morgens und noch kein Sonnenlicht verirrte sich in unsere Stadt. Ich hatte nicht lange schlafen können, war durch Albträume wachgerissen worden. Lautlose, verneinende Schreie störten meine REM-Phasen und raubten mir Stunden der Nacht, die ich lieber schnarchend verbracht hätte. Ich hatte meinem Geiste erlaubt, Erlebtes während des Schlafes zu verarbeiten, und das war mir früher schon manchmal zum Verhängnis geworden. Verteufelt war diese Eigenheit meines Kopfes, dieses durch die Nacht weiterspielen, nachdem alles schlafen gegangen war.

‚Neee!' hatte mich durch die Nacht geleitet, mir das träumende Leben schwer gemacht. Was wollte mir die Stimme damit sagen?
Oder war es gar Einbildung, und es gab keine Laute?
Oder war es Fehlinterpretation, und ich hörte immer nur Geräusche technischer Geräte, die mit viel Fantasie als menschliche Wortkreationen durchgingen?

Hätte das nur Karl gehört, er hätte sicherlich gewusst, wessen Ursprung das war. Er hätte sich nach kurzem Überlegen einen Reim machen können aus dem Knacken und Knistern und den Verneinungen. Karl würde mir die Angst nehmen, hätte er all das bloß gehört.

Ich strich mir die abgelaufene Butter auf das Brot, legte eine Scheibe Käse darauf und hauchdünn geschnittene Tomatenscheiben, die nichts mehr zu verhüllen vermochten. Immer wieder blickte ich verstört und schamvoll für Augenblicke zum Kühlschrank, der noch immer am selben Platz stand, jetzt aber keinen Laut von sich gab.

Ich rief Karl an, er musste zu mir kommen und sich von meinen ärgsten Befürchtungen überzeugen. Karl hob erst nach zwanzig Sekunden des Läutens ab und klang müde.

„Was willst Du um diese Zeit?", fragte er mich genervt.

„Tut mir leid, Karl, ich konnte nicht mehr schlafen, mach mir Sorgen. Kannst Du zu mir kommen?"

„Was ist los?", fragte er schon genervter.
„Ich, ich….", stotterte ich dahin und traute nicht mit meiner Wahrheit herauszurücken.
„Was, Du … Du?", klang er genervt durchs Telefon wie nie zuvor.
„Mein Kühlschrank spricht zu mir!", kam ich seiner nächsten Frage zuvor. Ich musste Karl die Wahrheit ins Gesicht knallen, besser gesagt ins Ohr schallen.

„Ach was…..", klang es auf Viertellautstärke zurückgedreht und desinteressiert, ja angewidert.

Stille, sekundenlange Stille.
„Was ist jetzt, kannst Du bitte kommen?", klang ich gar verzweifelt.

Karl nach einer kurzen Pause und sehr wütend: „Sag mal, hast Du nicht alle Tassen im Schrank?"

„Bitte, Karl, biiiiittte! Ich bin verzweifelt!", flehte ich ihn an.

Sichtlich zeigte dies Wirkung, da Karl einige Sekunden totenstill blieb, dann schnaufte und meinte, er käme bald, aber ich kann mich auf etwas gefasst machen, wenn das nicht lebenswichtige Gründe hätte.

Er legte auf, besser gesagt tippte aufs Handy.

Es wurde wieder still um sechs Uhr morgens in meiner Küche. Auch der Kühlschrank schwieg.

Wie sollte ich Karl die Situation und mein Leiden bloß erklären? Er würde es mir nicht glauben, mich für durchgedreht, übergeschnappt und einlieferbereit halten. Karl würde mir die Freundschaft kündigen.

Dreiviertel sieben und ich wusste, dass Karl an der Tür klingelte. Zaghaft öffnete ich die Tür und wollte einen Beschwichtigungsversuch starten, als er mich unterbrach und mit freundlicher Stimme die Unterhaltung von vor einer dreiviertel Stunde fortsetzte.

„Nun sag schon, wo drückt dich der Schuh." Karl klopfte mir dabei zärtlich auf die Schulter und ging in die Küche. Er blickte auf den Kühlschrank, der unschuldig keinen Mucks machte.

„Karl, halt mich bitte nicht für komplett plemplem." Ich wollte fortfahren, aber Karl unterbrach mich.
„Ich bin Dein Freund, also erzähl. Wenn Du Sorgen hast, bin ich für Dich da."
„Danke."
Ich blickte zu Boden und deutete auf den vermeintlichen Delinquenten, obwohl dessen Schuld noch nicht hundertprozentig bewiesen werden konnte.

„Mein Kühlschrank spricht zu mir."

Einen Tag später wachte ich erst um halb elf auf, vermutlich begründend auf der langen mit Karl über zigtausende Wortstafetten durchzechten zwanzig Stunden. Mir war wohler als noch einen Tag zuvor. Obwohl der Kühlschrank gestern nie etwas von sich gegeben hatte, ich hätte es mir gewünscht, da ich Karl ja von meiner Beobachtung direkt am Objekt überzeugen wollte, endete der Tag in Einvernehmen mit Objektivität und Subjektivität. Karl glaubte mir auf seine Art und Weise, ich glaubte mir ebenso.

Es war nicht alles vom Tisch, nein, Unsicherheit, etwas Wankelmut, eine Art schwebendes Verfahren lag in der Luft, aber wir hatten eine sehr positive Diskussion gehabt, und Karl konnte mich zu einem gewissen Grade überzeugen, einer Vortäuschung auf den Leim gegangen zu sein. Es gab Sinneswahrnehmungen, es gab Eindrücke, die auf Menschen herfallen und in Stresssituationen ungeahnte Auswirkungen haben konnten.
Es gab, es gab aber auch meinen Kühlschrank und das, was ich gehört hatte!

In diesem Moment wurde mir alles klar. Es durchfuhr mich die Empörung eines Wutbürgers, mir wurde klar, dass Karl mich nur zu beschwichtigen versuchte. Er schenkte meinen Erzählungen und Befürchtungen keinen Glauben, tat sie für sich als Spinnerei ab und wollte nur gute Miene zum bösen

Spiel machen. Er mimte den Versteher und Empathen der guten Stimmung und unserer Freundschaft zuliebe.

Kaum hatte ich die zuvor geschriebenen Worte gedacht, vernahm ich die ersten Laute meines Kühlschrankes seit zwei Tagen.

„UUiiiiii" kam wie ein Schweinequieken leise aus der Küche. Fünf Sekunden danach „Neeee" und dann gleich drauf „Aaaal".

Ich erschrak, lief in mein Schlafzimmer und warf mich auf das Bett. Unter der Decke merkte ich, wie ich zitterte und mein Puls nach oben geschnellt war.

Nicht schon wieder, flehte ich und schickte den alten Kühlschrank zum Teufel, wo er mich doch so in Stich gelassen hatte.

„AAAAaaaal!" hörte ich deutlich unter der Bettdecke, immer lauter werdend. Verängstigt verharrte ich im Dunkeln und hoffte auf Erlösung. Die Luft wurde immer stickiger unter der Decke, immer wärmer, das Atmen fiel mir zunehmend schwerer, da mein ausgestoßenes Kohlendioxid schon den meisten Raum einnahm.

Nach etwa zwei Minuten – mir kam es vor wie Stunden – riss ich nach frischer Luft röchelnd die Decke vom Körper.

In meiner Wohnung herrschte Totenstille, kein Mucks, kein Fiepen, kein Schweinequieken. Ich schlich zur Schlafzimmertür und blickte verunsichert in den Rest der Wohnung.

Totenstille.

Weitere Schritte Richtung Küche überzeugten mich, dass nun Ruhe herrschte. Dort angelangt ging ich zielstrebig auf den Kühlschrank zu und, es musste ein Anfall von Wahnsinn gewesen sein, streichelte zärtlich die Türoberfläche.

„Ist schon gut, ich versteh Dich ja.", hörte ich mich in Trance sagend. Ein esoterischer Augenblick des geistigen Verfalls, ein Kippen der Sinneswahrnehmungen. Schon glaubte ich mein Objekt der Begierde entgegnen zu hören, doch da war nichts, kein Laut.

Sollte es mich nun erwischt haben? Sollte sich in meinem Hirn ein Schalter umgelegt haben, der nun die Strombahnen in verkehrte Richtungen lenkte, oder waren es bis zum heutigen Tag verkehrte Richtungen, die mich zu dem Punkt in meinem Leben geleitet hatten, an dem ich nun angekommen war, schweißgebadet, jeglicher Vernunft entbehrend?

Ein plötzliches „Aaaaaal" riss mich aus meinen Lebenserklärungshoffnungen. Er sprach wieder zu mir.
„Aaaaaaaaaaal" kam nun ausgedehnter, länger.
„Aaaaaaaaaaaaaaaaal."
„Kaaaaaaaaaaaaaaaal."

Ich bemerkte den Unterschied des letzten ausgesprochenen Wortes von den vorigen.

Jetzt mit Konsonant am Anfang? Da war doch ein ‚K' zu vernehmen, oder doch nicht? Ich verharrte voller Erwartung des nächsten Wortes, es kam auf den Fuß.

„Kaaaaaal, kaaal, kaal, kal, kal."

Das Wort mit den drei verschiedenen Buchstaben wurde kürzer und kurz, der Vokal immer prägnanter und hervorstechender. Ich mochte es nicht deuten, noch nicht, dachte ich mir in der Hoffnung lebend, einmal meinen Kühlschrank zu verstehen, ja mit ihm sogar ein Gespräch führen zu können.

Obgleich ich noch angstvoll in die gemeinsame Zukunft blickte, spürte ich Freude aufkeimen, zum ersten Mal ein positiver Gedanke, was meinen Kühlschrank betraf.

„Kall."

Oh, nun schon mit Doppelkonsonant, wunderte ich mich über die sprachlichen Fortschritte meines talentierten Kühlschrankes. Ob er mich wo hinführen mochte, mir etwas zeigen mochte? Der Kühlschrank, so meine Vermutung, hatte eine Botschaft für mich. Nein, keine Vermutung, ich war mir sicher, er musste eine Botschaft für mich haben, es konnte gar nicht anders sein. Ich fühlte mich auserkoren, der einzige von einem Kühlschrank eine Botschaft empfangende Mensch auf unserem Planeten zu sein. All die anderen Hundertmillionen an Kühlschränken hatten nur eine einzige lautlose Botschaft für ihre Besitzer, nämlich sie darauf aufmerksam zu machen, dass Gekühltes im Inneren lag oder stand.
Ich aber hatte einen besonderen Kühlschrank, er hatte die Aufgabe, ja die einzige Aufgabe, seine Lebensaufgabe, mir eine Botschaft zu überbringen. Allein fehlte mir noch das Verständnis für den Inhalt, ich vermochte es noch nicht zu deuten.

„Kall."

Was sollte das heißen, Kall?

Obgleich ich der deutschen Sprache überdurchschnittlich mächtig war, konnte ich keinen Sinn darin finden. Nun gut, es sei dahingestellt, ob von Kühlschränken von sich gegebene Wörter per se Sinn machen mussten, dennoch sollte es doch eine Botschaft sein, etwas, was zumindest in mir Sinn erzeugen konnte.

„Kall, Kall."

Oh, eine Doppelbotschaft, dachte ich nun schon etwas wütend, des Verständnisses für verschlüsselte Begriffe langsam beraubt.

Was aber, wenn er nicht klar und deutlich sprechen konnte, mein Kühlschrank? Vielleicht war es so. Ein legasthenisches Gerät. Er konnte sich nicht in einwandfreiem Hochdeutsch ausdrücken, noch nicht. Sicher würde er von Tag zu Tag besser werden, oder von Stunde zu Stunde gar, oder von Minute zu Minute im besten Falle. Dann sollte ich seine Andeutungen noch in derselben verstehen lernen, ich musste nur etwas Geduld haben.

Ich harrte noch eine Weile der nächsten Botschaft, doch der Schrank blieb für diesen Tag maultot.

Kein Mucks, kein Laut.

Schade.

Zwei Tage nach dem letzten Gefühlsausbruch meines Kühlschrankes rief mich Karl an, schlug vor, am Abend in das „Oyster Cult" zu gehen, einem angesagten Lokal, wo sich Jung und Alt, Schlau und Blöd trafen.

Er merkte fast lautlos nebenbei an, dass auch ein paar ihm bekannte junge Damen mitkämen, eine hübscher als die andere, intelligenter als die andere. Wenn die Schönste auch die Intelligenteste sein würde, bestätigte ich Karl, und diese auch mit mir Hand in Hand das Lokal verlassen würde, dann käme ich mit. Karl lachte und versicherte mir, er werde alles daran setzen um mein Seelenheil zu fördern, aber ich müsste schon meinen Teil dazu beitragen.

Karl hätte immer mein Bestes wollen, da doch meine letzte halbwegs ernste Beziehung zu einem Menschen des anderen Geschlechtes schon mehr als drei Jahre her gewesen war.

Ich schwenkte gedanklich während des Telefonats mit Karl ab und hatte Situationssequenzen vor Augen und Ohren, wo ich im Oyster Cult in zarter Umarmung mit einer Schönheit über Humanismus und Aufklärung sprach, inmitten eines philosophisch-multiplen Orgasmus, getrieben von einer Welle zur anderen, eingehüllt in das sinnliche Aroma der Angebeteten.

Diese Gedankenblitze veranlassten mich schließlich Karl zuzusagen. Ja, lasset die Weiber kommen! Lasset uns der Schönheit der Welt frönen und den Göttern der Lust huldigen.

Wie immer pochte mein Herz schneller, sobald ich das Gespräch mit Karl beendet hatte, schneller der vollen Erwartung des Abends wegen, da doch diese Momente in den letzten Monaten sich nur spärlich über mein Gefühlsleben verteilt hatten.

Ich zog vor, mich vor Verlassen der Wohnung noch anlassgerecht zu kultivieren und begab mich in das Badezimmer um eine entspannende Dusche zu genießen. Kaum die Türklinke in der Hand glaubte ich jemand in der Wohnung zu sehen. Nein, nicht zu sehen, aber zu spüren. Es war, als ob mich eine Aura der Verletzlichkeit umgab, ein transparenter Nebel der Demütigung meiner Gelüste nach Sinnlichkeit.

Ich zögerte, warf einen Blick zurück in das Wohnzimmer, ging ein paar Schritte Richtung Küche und öffnete die Tür. Ein warmer Luftzug kam mir entgegen, streifte mein Haar und ließ die am lockersten hängenden Strähnen sanft verwehen. Kaum bemerkt, war es schon vorbei, und ich fand mich wieder in meiner alten, gewohnten Gefühls- und Empfindungswelt, voller Vertrauen in das Althergebrachte.

Ich wollte mich gerade wieder auf den Weg machen zum Badezimmer, als ich ein leises Raunzen vernahm, wie ein gepeinigter Hund, der seine Wunden leckend unter der Küchenbankecke lag.
Die erste Vermutung erwies sich als richtig, mein WG-Genosse, der gute Kühlschrank sprach wieder zu mir. Ein nun schon etwas lauteres Zischen vermengt mit einem Knarrgeräusch in höheren Frequenzbereichen, die mein Hörvermögen fast überstiegen, machte mir Angst. Ich musste mich artikulieren, ihm entgegentreten, aber es kam nichts über meine hart verschlossenen Lippen.
„Neeeeem, neeeem."

Erschrocken erstarrte ich zur Säule und sehnte mich nach Stille. Oder nach gesteigertem Lärm einer verrauchten Bar voller Menschen.

„Neeeeem, neeeem."

„Was willst Du von mir?", entgegnete ich dem Kühlschrank erschreckenderweise in Erwartung einer Antwort, die auf den Fuß folgte.

„Neeem weeeg."

Ich machte mir um mich große Sorgen. Bildete ich mir das alles nur ein? Ist es eine Vision höherer Mächte?

Eine halbe Minute lang blieb ich regungslos stehen, und tausend Gedanken schossen durch mein Gehirn, entfachten aber keine Lösung meines Lebensproblems. Und ich hatte ein Problem. Das war sicher.

Nachdem ich spürte, wie langsam ein stechender Schmerz in mein linkes Knie fuhr, bemerkte ich meine lange Regungslosigkeit und fing an, mich langsam Richtung Wohnungstür zu bewegen, immer nach hinten blickend, irgendeine Regung erwartend. Er aber ließ mich von dannen ziehen.

Ich fand das Oyster Cult recht schnell, war zwar noch nie in diesem Lokal zuvor gewesen, kannte es aber vom Hörensagen. Kaum den Fuß in den Schwall der Musik gesetzt, kam Karl auch schon auf mich zu, begrüßte mich und führte mich zum Tisch, wo drei junge Damen saßen und Longdrinks schlürften.

„Darf ich Euch einen meiner besten Freunde vorstellen, den ich noch nicht allzu lange her durch einen glücklichen Unfall kennen lernen durfte?"

Karl war wie immer eloquent, charmant und reizend für die jungen Schönheiten. Ja, ich musste diese drei entzückenden Frauen in die Kategorie Schönheit einstufen. Karl hatte sich wohl große Mühe gemacht, um mir eine Chance zu geben, wieder in das Leben mit dem anderen Geschlecht reinstolpern zu können. Eine wahrlich fragile Situation, in der ich mich gerade befand. Unsicher gab ich jeder der drei Damen einen Handkuss und stellte mich und mir vor. Ich stellte mir vor, wie es doch wäre, mit einer dieser Damen – kurz durchfuhr mir ein schelmischer Gedankenblitz, und ich visionierte zwei von ihnen – händchenhaltend in drei Stunden das Lokal verlassen zu dürfen, alles mit offenem Ende.

In demselben Augenblick aber empfand ich große Scham und spürte ein kleines Engelchen auf meiner Schulter sitzen, das mir ein schlechtes Gewissen einreden wollte und es auch schlimmer Weise schaffte.

Ich setzte mich an die Karl gegenüberliegende Flanke des Frauentrios, bestellte beim gerade vorbeieilenden Ober ein Glas Rotwein und positionierte mich so, dass ich etwaigen Gesprächen unter den anderen folgen konnte.

Karl fragte mich, wie lange ich denn schon beziehungslos durch die Welt wanderte, ich aber starrte auf die Tischplatte und konnte mit meinen Gedanken an das Gespräch kaum anknüpfen. Nach Sekunden erfasste ich die Situation, entschuldigte mich, faselte etwas von einem schlechten Tag und Müdigkeit, was die drei Damen und auch Karl wohl nicht verstehen wollten, da ich in ihren Gesichtern den Anflug von Enttäuschung und Ärger zu sehen glaubte.

„Es tut mir leid, dass ich heute kein guter Gesprächspartner bin.", entschuldigte ich mich, stand auf und verschwand ohne weitere Worte durch die Lokaltür. Ich stellte mir gerade die fragenden Blicke der vier vor, wie sie einander in die Augen schauten, die Mundwinkeln kurz nach unten zogen, um Ratlosigkeit der Umwelt zu zeigen, und dann wieder zurückfanden in ihre Viersamkeit.

Sie werden es verschmerzen, dachte ich mir und hoffte, dass Karl mir verzeihen konnte. Nun ja, ich hätte ihn in einer schlechteren Gesellschaft zurücklassen können, es würde für ihn so schlimm nicht sein, war ich mir sicher.

Ich war schon im lichtdurchfluteten Gang meines Wohnhauses, da bemerkte ich, dass ich mich an die letzte halbe Stunde des Heimwegs gar nicht erinnern konnte. Ich versteckte meinen Seelenschmerz unter der Hülle, die mein Fleisch umgab. Ich vergrub meinen Kummer an einer Stelle im Innersten meines Körpers, wo ihn niemand je finden würde können. Ich spürte Scham und Verletztheit, da ich jemand zu betrügen versuchte, ja knapp davorstand. Wie konnte ich das wiedergutmachen?

Welche Möglichkeit stand mir Mensch offen?

Kaum die Wohnungstür hinter mir geschlossen, empfand ich bessere Laune, ja Entzücken, da ich mich wieder in meinen vier Wänden befand. Ein leichtes Hungergefühl machte sich breit, kein Wunder, hatte ich doch seit dem

Frühstück nichts zu mir genommen. Ich entledigte mich meiner Straßenkleidung und wollte es mir gemütlich machen. Zuvor öffnete ich aber den Kühlschrank, der mich noch gar nicht begrüßt hatte, wollte zu den Tomaten greifen und hielt inne. Ich hatte doch ein ganzes Kilo gekauft, erinnerte ich mich. Und doch waren da nicht mehr als zwei Stück Tomaten zu sehen.

Ich versuchte den Ablauf der letzten zwei Tage abzurufen, um herauszufinden, wann ich denn die restlichen Tomaten verzehrt hatte, doch konnte ich mich nicht daran erinnern.

Hatte ich angehende Demenz?

Ich musste verdammt nochmal doch wissen, wann ich dreiviertel Kilo Tomaten gegessen hatte, das kann doch nicht so schwer sein, diese Information aus dem Hirn downzuloaden!

Von Butter und Käse war noch alles da. Komisch, wenn Tomaten fehlten, müsste eigentlich auch was von der Butter fehlen, denn ich aß immer Tomaten mit einer Scheibe dunklem Roggenbrot mit dick aufgestrichener Butter. Die Packung Butter fand ich in nicht geöffnetem, besser gesagt nicht angebrauchtem Zustand vor. Ein schneller Kontrollblick in die Brotlade bestätigte meine Vermutung, dass nichts von dem verschwunden sein durfte. Der Brotlaib lag jungfräulich in der Lade, ohne je einen Schnitt des Messers verspürt zu haben.

Wenn ich es nicht gewesen war, der sich über die Tomaten hergemacht hatte, wer dann? Einbrecher? Hungrige Einbrecher, die es nur auf Essbares abgesehen hatten, die sich mit letzten Kräften in den ersten Stock des Wohnhauses nach oben gemüht, die Tür aufgebrochen und drei Viertel Kilo Tomaten aus dem Kühlschrank entwendet hatten und wieder geflüchtet waren?

Nein, das schien äußerst abwegig und unwahrscheinlich zu sein. Sie würden wohl auch anderes mitgenommen haben, zumindest den Käse.

Doch wer war es dann gewesen? Ich hatte keinen anderen Mitbewohner. Wohl hatte ich mir schon oft gewünscht, nicht ganz alleine in der für meinen Geschmack doch etwas zu großen Wohnung zu leben, hundertsiebenundvierzig Quadratmeter ist eine Größe, in der man sich in wirren Momenten verirren kann, doch ich hatte es bisher nicht geschafft mich aufzuraffen und eine Anzeige in Zeitung oder Internetplattformen zu geben. Vermutlich aus dem Grund, da ich keinem anderen Menschen zumuten wollte, es mit mir auf hundertsiebenundvierzig Quadratmetern längere Zeit auszuhalten. Ich hatte mich selbst immer schon für einen asozialen und nicht gesellschaftsfähigen Mann gehalten. Ob es denn wirklich so war, konnte ich nie einschätzen. Die Selbst- mochte sich oft von der Fremdbeurteilung unterscheiden. Ich wäre gut beraten Karl mal zu fragen, wie er mich denn sähe.

Verdammt, wer war es gewesen? Wer hatte meine Tomaten geklaut?

Ein leises Geraunze erfüllte die Küche, mein Kühlschrank meldete sich mal wieder.

„Schön, dass es Dich noch gibt.", erwiderte ich.

Kaum waren diese Worte über meine Lippen gekommen, durchfuhr mich eine schlimme Ahnung. Er war es gewesen! Er hatte die Tomaten entwendet. Warum bloß? War ich in der einzigartigen Situation, in der noch nie zuvor ein Mensch gewesen war, dass mein Kühlschrank biologischer Nahrung bedurfte?

War ihm die Energie aus der Steckdose nicht genug? Begann er sich langsam in einen Hybriden zu verwandeln, halb Haushaltsgerät, halb Lebewesen?

Mir wurde übel und Schwindel erfasste mich, sodass ich zum Sessel griff und mich eilends hinsetzen musste.

Was ging hier in meiner Wohnung bloß vor? Wollte mich Gott prüfen, hatte er Großes mit mir vor?

Ich begann meine Gedanken und Befürchtungen zu sammeln und in geordnete Bahnen zu lenken.
Beruhige dich, befahl ich meinem polternden Herz in der Hoffnung bald wieder niedrigen Puls zu haben. Oder war doch alles im Normalen?
Vermutlich hatte ich mehrere Male unbedarft und ohne bewusstes Handeln in den Kühlschrank gegriffen und Tomate nach Tomate rausgepflückt. Ja, so musste es gewesen sein. Ich versuchte mich zu beruhigen, was mir bald gelang.

Nach einem Butterbrot mit Käse und einer Tomate, wohlweislich nahm ich nur ein Stück und hinterließ im Kühlschrank ein armes, einsames Tomätchen, um die Kontrolle zu bewahren, schlief ich im Lehnsessel ein. Ich hatte mir vorgenommen, am nächsten Tag nachzusehen, ob dieses eine Stück wohl noch im Kalten liegen sollte.

Nach einer Stunde wurde ich unsanft durch ein lautes Geräusch geweckt, schreckte hoch und vernahm das vom Kühlschrank kommende Gejammer.

„Ungga, ungga! Neeem!"

Eilenden Schritts begab ich mich in den Vorraum, zog die Schuhe an und hinterließ schlosssperrend meinen sprechenden Mitbewohner. Ich lief raus auf die Straße, nahm tief Luft und ging dem Drang nach ein paar Kilometer zu spazieren, um wieder zu Besinnung und klaren Gedanken zu kommen, was sich mir mit meinem den Vorgängen geschuldeten Seelenzustand als doch recht schwierig gestaltete.

Etwas versuchte mich langsam steigernd und vehement in Gewahrsam zu nehmen, etwas, das sich bisher nie zu erkennen gezeigt hatte, jedoch mich permanent beeinflusste, in einem ungesunden Maße, wie mir schien.

Mir kam ein Artikel in Erinnerung, den ich vor kurzem in der Fachzeitschrift Psychologie gelesen hatte, wo es um psychische Krankheiten und deren Symptombild gegangen war. Der menschliche Geist ist vor nichts gefeit, ist oft schwach und kränklich, anfällig für Abtrünnigkeiten und Abschweifungen in Gefilde, wo er nicht hingehen möchte aber hingedrängt wird.

Ein leichtes Gefühl der Ohnmacht versuchte Eintritt in meine Gehirnwindungen zu erlangen, Ohnmacht vor dem, was da alles kommen könnte, mochte und vermutlich auch sollte. Die Ergebenheit in mein Schicksal übermannte mich und drängte mich in eine Lage, in die ich nie gelangen wollte.

‚Ist dies nun der Wendepunkt in meinem Leben?', fragte ich sinnlos in den Raum, und in dem Augenblick fiel mir Karl ein. Er würde wohl Rat haben, wenn ich ihn um Hilfe bitten könnte. Sollte ich ihn mit meinen Befürchtungen konfrontieren? Meine innersten und geheimsten Sorgen mit ihm teilen? Warum nicht, schließlich durfte ich Karl meinen besten Freund nennen, und wozu sind beste Freunde schließlich da.

Leise drehte ich den Schlüssel meiner Wohnungstür im Schloss um, öffnete bedacht die Tür und schlich den Gang entlang. Ich spähte in die Küche, vernahm nichts Verdächtiges, zog die Schuhe aus, schlichtete sie rechtwinkelig zur Wand und machte es mir im Wohnzimmer bequem. Ich schenkte mir noch ein Glas Rotwein ein, von der Flasche, die mir Karl vor kurzem geschenkt hatte.

Wie sah wohl der Alltag eines geistig Abnormen aus?

War er mit denselben Problemen konfrontiert wie wir alle?

Woran konnte ich die Gefahr erkennen?

Wieso kamen mir jetzt diese Gedanken, wo ich doch gerade zuvor an Karl gedacht hatte?

Der Verdacht drängte sich auf, dass Karl mit all den unerklärlichen Vorgängen innerhalb und außerhalb meines Gehirnes zu tun haben könnte. Seit Karl durch den Unfall in mein Leben gefahren war, hatte sich vieles geändert, zum Besseren, wie ich immer gemeint hatte. Aber war dem wirklich so?

Ich versuchte minutiös die Monate meines Lebens mit Karl abzuspulen und das Erlebte zu sortieren, fand aber nichts Verdächtiges, nichts, von dem ich meine Situation klärende Schlüsse ableiten konnte.

Nein, Karl konnte damit nichts zu tun haben. Ich hatte ihn ja damals mitgenommen in den Elektroladen, ich hatte ihn gebeten mir zu helfen. Er hatte sich nicht aufgedrängt, er hatte all das nicht eingefädelt. Karl war unschuldig, dessen war ich mir sicher. Karl war vermutlich der unschuldigste Mensch auf unserem ganzen, verdammten Planeten. Karl war die zu Fleisch gewordene Perfektion, die mein Leben seit Monaten bereichert hatte.

Ein leises Knurren ließ mir mein Magen verkündigen, dass Nachschub in Form von Essbarem erforderlich war. Ich ging zum verdächtigen Gerät in der Küche, öffnete die Tür, wollte zu dem einen Tomätchen greifen, und …. griff ins Leere. Mir wurde schwindelig, ich fühlte meinen Puls wieder hochschnellen. Ich hatte doch eine Tomate im Kühlschrank hinterlassen, um zu meiner Beruhigung die Bestätigung zu bekommen, dass diese eine Tomate beim nächsten Öffnen der Tür auch wieder im Gerät liegen würde. Nun aber bekam ich zu meiner Beunruhigung die Bestätigung, dass die Tomate entflohen war.

Verdammt nochmal, da konnte doch was nicht mit rechten Dingen zugehen! Hatte sich in der Zwischenzeit, während ich mir meine Beine vertreten hatte, jemand klamm und heimlich in meinem Kühlschrank über die Tomate hergemacht? Zweifel kamen mir erneut auf ob meines Geisteszustandes.

Wäre es jetzt in diesem Augenblick angebracht ärztlichen Rat oder Beistand anzufordern? Na, so schlimm ist es ja nicht. Ich hab ja nur ein kleines Problem mit einer verschwundenen Tomate. Mein Gott, solche Dramen spielen sich tagtäglich in den Küchen unserer Welt ab. ‚Lassen wir die Kirche im Dorf und übertreiben jetzt nicht!' Ich versuchte mich zu beruhigen, was mir auch erstaunlicherweise gelang. Ich war flexibel genug, mein Butterkäsebrot ohne Tomaten zu akzeptieren, ja gar zu genießen.

Eine halbe Stunde später verspürte ich das Bedürfnis Karl anzurufen und mit ihm über die Verrücktheiten meines Lebens zu reden. Mit Karl konnte man perfekt reden, über alles, über jedes, über vieles, über manches, über…. ja worüber eigentlich?

Tage und Nächte lang hatte ich mit Karl schon diskutiert, philosophiert, aber hatte ich mit ihm auch über ganz banale Belanglosigkeiten geredet?

Über mich selbst, darüber, wie es mit geht?

Ich konnte mich an kein einziges Gespräch erinnern, wo ich Karl in die verborgenen Geheimnisse meiner Seele eingeweiht hatte. Immer hochgeistig, immer hedonistisch, jedoch niemals aus Gründen niedriger Gelüste oder einfach nur um über den Alltag zu reden. Wobei mein Alltag sich dramatisch geändert hatte, seit ich Karl kennenlernen durfte. Mein Leben vor diesem Zeitpunkt war nicht zu vergleichen gewesen mit jenem danach. Karl hat mein Dasein gänzlich umgekrempelt, mein Inneres nach außen gekehrt und umgekehrt. Jetzt fiel mir plötzlich ein, dass ich seit Monaten keiner Arbeit mehr nachging. Karls Eintritt in mein Leben war für mich eine Entwöhnungskur, die schlagartig gefruchtet hatte. Wie verblasen war mein Wunsch nach einer Erwerbstätigkeit gewesen, ich verspürte von einem Tag auf den anderen keinen Drang mehr, sei es aus Gewohnheit oder Wunsch, frühmorgens die Wohnung Richtung Arbeit zu verlassen. Ja ich hatte sogar von einem Tag auf den anderen vergessen, dass ich gearbeitet hatte, wo immer auch das gewesen war, ich konnte mich nicht mehr erinnern.

Jetzt aber schoss es mir durch den Kopf, dass ich kein Geld mehr verdiente. Ich war vermutlich entlassen worden, wahrscheinlich hatte mein Vorgesetzter oftmals versucht mich telefonisch zu erreichen oder mich gar zuhause zu besuchen. Ich aber war für ihn nicht greifbar gewesen, weder physisch noch auditiv. Vermutlich hatte mir die Post schon vor langer Zeit einen Brief der Firma gebracht, in der ich vor einigen Monaten noch gearbeitet hatte. Vermutlich hatte ich schon einige Monate lang meinen Postkasten nicht geleert. Alles Vermutungen, wie es aber wirklich um mich lag, konnte ich jetzt gerade nicht einschätzen. Ich war verwirrt, konnte all das nicht vollkommen begreifen. Was spielte sich gerade in dieser, meiner Lebenssituation ab? Wer hatte mein Bewusstsein so im Griff, dass gar das unterbewusste Handeln verschwommen war?

Der Gedanke an mein nicht mehr verdientes Geld ließ mich nicht aus. Wie lange schon lebte ich von Erspartem? Wie lange noch könnte ich davon noch leben?

Was zum Teufel hatte ich vor Karl gemacht, vor dem Zeitpunkt des Unfalls? Welchen Beruf hatte ich ausgeübt? Zu meiner Verzweiflung kam jetzt noch die Hilflosigkeit. Ohne Karl werde ich all das nicht schaffen können, war ich mir sicher. Mein Selbstwertgefühl war zunehmend geschwunden.

Ich vermutete plötzlich einen Zusammenhang zwischen Karl und dem Kühlschrank. Beide waren nun annähernd über denselben Zeitraum mit mir bekannt, beide vereinnahmten mich immens, beeinflussten mich und mein Tun auf eine dramatische Weise, wie mich noch nie etwas nach meiner Geburt beeinflusst hatte. Nicht einmal mein Großvater, den ich seiner wundervollen, bösen und magischen Geschichten von lange vergangenen Zeiten wegen immer bewundert und verehrt hatte.

Ein Gefühl des Ausgeliefertseins kam in mir hoch und versuchte mich zu einer Abwehraktion zu motivieren.

‚Wehr dich doch, Du feiges Arschloch!' hörte ich den Selbstrettungs- und Egoismusteufel in mir posaunen.

„Du hast leicht reden, Du hast keinen Freund, Du hast nichts, was Dich berührt oder nahesteht. Du bist wie ich feige und unentschlossen, kannst nur lauthals schreiend Deine Stacheleien in mein Hirn reinschleudern, hast aber keinerlei Verantwortung!"

Ich musste kontern, durfte mir das nicht gefallen lassen. Dennoch hatte der Teufel auf eine beschränkte Art und Weise Wahres geäußert. Der Kühlschrank und Karl hatten weder Pflicht noch Recht mich so zu beeinflussen.

Schnaubend vor Wut ging ich zur Steckdose und zog den Stecker raus. Unmittelbar darauf vernahm ich ein leises Zischen und Knurren, gleich einem verzweifelten Tier, dem eine Schlinge um den Hals gelegt wird und es zu ersticken droht. Diese Geräusche zogen sich lange immer leiser werdend dahin. Danach Todesstille. Ich hörte nur mein Herz schlagen, das jetzt mit hundertvierzig Pumpstößen pro Minute das furchterregte Gehirn versorgen musste.

Vor der Realität fliehend verließ ich die Küche in den Gang, strich einige Male auf und ab wie ein ehemals wildes Tier im Zoo, das unentwegt dieselben Streifzüge durch die Zelle macht, wohlwissend seiner Unfähigkeit diese jemals verlassen zu können.

Ich kam am Spiegel im Gang vorbei, blickte kurz in diesen, erkannte eine Person, jedoch nicht mich selbst. Kein einziger intuitive Gedanke, keine einzige intuitive

Seelenregung sagte mir, dass diese Person ich selbst wäre. Ich starrte auf mein Spiegelbild und vernahm einen Fremden, der sich in meine Wohnung geschlichen hatte. Doch es war mir vollkommen gleichgültig, dass da jemand war, in meiner Wohnung, neben mir am Gang. Es bedeutete mir nichts, ich starrte den Fremden an, für regungslose Minuten, verharrte zur Salzsäule versteinert und blickte mich Fremden ins emotionslos erregte Antlitz. Gänge verleiten zum Innehalten.

Langsam beruhigte ich mich und konnte klare Gedanken fassen. Ich verstand nun, was zu tun war, zögerte zwar noch die Auswirkungen meiner zukünftigen Taten vor Augen habend, aber war entschlossen, dem Lebensabschnitt der letzten Monate ein Ende zu setzen.
„Könntest Du heute Mittag zu mir in meine Wohnung kommen? Ich mach uns ein köstliches Mahl, besser gesagt, ich lass uns eines bringen. Du weißt ja, ich kann nicht kochen, tu mir schon schwer mit Spiegelei oder Würstchen."
Karl versuchte eine Ausrede zu finden, um nicht zu mir kommen zu müssen.
„Ich hab Dir was zu erzählen. Es gibt gute Neuigkeiten, die ich Dir unbedingt mitteilen möchte, ja es gibt sogar etwas zu feiern. Details dann später."

Am anderen Ende der Leitung vernahm ich ein aufgebendes Pfauchen und nach kurzer Pause dann ein zustimmendes „Okay, ich bin um eins bei Dir."

Ich sagte Karl noch, wie sehr ich mich freue auf das Treffen und dass er gute Laune mitbringen solle. Karl legte ohne ein weiteres Wort zu sagen auf. Mir wurde plötzlich unwohl, der Gedanke an das Mittagessen machte mir Kopfzerbrechen, ich bekam Angst vor dem Augenblick, da Karl in meine Wohnung treten würde, da ich ihn am perfekt drapierten Esstisch Platz nehmen heißen sollte. War es wohl die richtige Entscheidung Karl heute eingeladen zu haben? Und ich hatte Angst vor den Konsequenzen dieses Treffens, Angst vor einem steinigen, schwierigen Weg, den ich wohl oder übel zu gehen hatte.

Mir war bewusst, dass dieser Tag das Leben Karls und meines dramatisch ändern sollte, kein Stein würde mehr auf dem anderen bleiben, ich musste diese Last, diese größte Last meines Lebens loswerden, um weiter existieren zu können. Die vergangenen Monate haben mir gezeigt, wie eindringlich ein einzelner Mensch ein Leben, mein Leben, ändern konnte.

Von einer Sekunde auf die andere, der Sekunde des Unfalls, hatte sich mein Dasein um hundertachtzig Grad gedreht. Von diesem Augenblick an schritt ich rückwärts voran, begab mich in ungeahnte Tiefen empor und schlitterte in nicht absehbare Höhen talwärts. Gebeutelt von der Dramaturgie eines schaurig schönen Lebens konnte ich ein paar Monate genießen, die mir vorkamen wie Jahre, ja wie Jahrzehnte des Glücks.

Was blieb mir nun anderes übrig? Ich war alle nur im Ansatz möglichen Wege zur Lösung meiner vermaledeiten Lage gedanklich durchgegangen, hatte alles gegeneinander abgewogen, Vor- und Nachteile gegenübergestellt und Konsequenzen verglichen. Nichts konnte mich nun von meinem Vorhaben abbringen. Die Schönheit des Lebens drängte mich zu meinem entschiedenen Plan, den ich nun gefasst hatte und durchziehen wollte, ja musste, um nicht gänzlich zu scheitern.

Ich bestellte für ein Uhr ein viergängiges Menü, italienischer Vorspeisenteller, legierte Creme-Suppe, zartes Hühnerfilet mit saisonalem Gemüse und Apfeltorte mit Vanillesauce. Es sollte Karl und mir zu diesem würdigen Anlass an nichts mangeln. Mit ungewohnt behänden Wischbewegungen reinigte ich die Esstischoberfläche, schmiss gekonnt ein über dem Luftpolster langsam sinkendes, weißes Tuch über den Tisch und drapierte danach ein paar schmucke Figuren und eine dünnhalsige Vase darauf.

Kurz grübelte ich über die wohl passenden Blumen, verwarf dann aber diese Idee, da sie mich zu einem Verlassen der Wohnung gezwungen hätte, was ich tunlichst vermeiden wollte, um nicht aus dem Flow gerissen zu werden, den ich gerade in der Vorbereitung des Treffens verspürte. Somit verschwand die Vase wieder ungenutzt im nahestehenden Schrank, in dem außer der einsamen Vase nichts anderes verstaut war. Ich lebte asketisch, ohne Schnickschnack, nur das Notwendigste in der Wohnung parat habend, und war immer gut damit gefahren. Besitz zwingt einem zu Sorgen, ja gar Kummer und Gram. Besitz macht abhängig. Macht blind, blind für das Wesentliche im Leben. Aus diesem

Grund besaß ich auch kein Auto, sparte daher Geld, was mir nicht wichtig war, und auch Sorgen.

Kein Auto, keine Gedanken an den nötigen Parkplatz, an die mit jeder Inbetriebnahme des fahrbaren Untersatzes verbundene Umweltverschmutzung und damit einhergehend mein kleiner aber doch existierender Beitrag zum Untergang unseres Planeten und an das Risiko irgendwann mal Beteiligter oder gar Verursacher eines Unfalls zu sein.

Dieses Thema war allmächtig seitdem ich Karl kennengelernt hatte, beeinflusste mein Leben zu jeder Minute. Schon früher fand ich die Entwicklung der Spezies Mensch besorgniserregend, doch Karl öffnete mir die Augen einen Spalt weiter und machte mich empfänglich für die Nöte unserer Mutter Erde.

Oft hatten Karl und ich Pläne geschmiedet, wie wir die Welt retten könnten, ersannen Optionen von Maßnahmen, um sie einen Deut lebenswerter zu machen. Bis heute aber ist es bei ideellen Wünschen geblieben.

Wir erstellten gar einen Notfallfahrplan für die Machthaber aller Länder, um die Bürger durch alle uns bevorstehenden Krisen manövrieren zu können. Wollten wir doch den Kapitalismus bremsen, die Börsen schließen und zu Wohlfahrtshäusern machen, in denen Delogierte, Heimat- und Heimlose Unterschlupf finden konnten und ehemalige Broker Betten für Gäste bereiteten und den Bedürftigen Labendes servierten. Mit dieser Maßnahme einer ginge auch die Überführung aller Aktiengesellschaften in die beschränkte Haftung, damit Geld wieder einen realen Wert bekäme.

Teil unseres Planes war auch die Einführung einer einzigen Weltwährung. Alle Geldbörsen und Sparstrümpfe dieser Welt wären voller Münzen und Scheine in nur dieser gemeinsamen Währung, um Spekulanten den Nährboden für ihre Geschäfte zu entziehen.

Als weitere Notwendigkeit hielten Karl und ich die Einführung einer einzigen, allgegenwärtigen Religion, auf dass Menschen in allen Glaubenshäusern dieser Welt dieselben Götter anbeteten, unabhängig von Hautfarbe, Kontinent und Reichtum, damit den Kriegslüsternen jeglicher Grund für Kreuz- und andere Züge genommen würde.

Unumgänglich und die wichtigste Maßnahme wäre auch gewesen, dass jedes Volk dieser Welt es vermochte seine Population auf ein gesundes Maß zu schrumpfen, auf dass die zur Verfügung stehenden Ressourcen auf ewig ausreichend sein würden.

Um das umzusetzen, wären strenge Regeln, Gesetze vonnöten, die es einerseits verbieten mehr als ein Kind in die Welt zu setzen, und andererseits auch eine Regelung definieren, nach der nur die Hälfte einer jeden Generation überhaupt Kinder zeugen dürften. Nur dann wäre ein Rückgang der Weltbevölkerung auf ein akzeptables Maß möglich.

Karl und ich hielten es für notwendig, dass ein Drittel der Bevölkerung die Verantwortung als Kleinbauern in den Händen haben müsste, alle Menschen um sie herum ernähren sollte, auf dass kein Tier Leid ertragen musste, auf dass ausreichend Boden für Ackerbau und Viehzucht vorhanden wäre.

Darüber noch wäre es essenziell, so fanden wir, alles Denkbare daran zu setzen um die Kernfusion wirtschaftlich in großem Rahmen nutzen zu können, damit wir uns niemals wieder Gedanken über erneuerbare Energie und Klimawandel machen müssten.

Karl und ich träumten, dass alle Menschen in Demut, Dankbarkeit und Zufriedenheit ihr Tagwerk bestreiten, abends frohen Mutes in den Schlaf fallen und morgens voller Erwartung interessanter Zeiten aus den Betten springen können.

Das war unser Plan, der wohl nie Realität werden wird, zumal ich mit Karl nun anderes vorhatte.

Der Esstisch schien mir wohlgestaltet, das Essen konnte kommen. Ein Blick auf die Uhr sagte mir, dass Karl vermutlich in zehn Minuten eintreffen sollte, wenn er sich nicht verspätete. Aber Karl hatte sich noch nie verspätet. Er war von jener spärlichen Art von Mensch, auf den man sich hundertprozentig verlassen konnte. Wenn Karl gesagt hatte, er käme um ein Uhr, dann war er auch um ein Uhr gekommen. Nicht um eins vor eins und nicht um eins nach eins.

Karls Pünktlichkeit hatte mich anfangs abgestoßen. Mir erschien ein Mensch, dem solch penetrante Einhaltung aller Zeitvereinbarungen anheim kam, verdächtig, ja robotergleich. Nur Maschinen hielten sich immer, und ich meine auch immer, an alle zeitlichen Vorgaben, sofern keine technische Störung vorlag.

Karl war mir anfangs wie eine Maschine vorgekommen, doch dieser Eindruck war bald nach unserem Kennenlernen verschwunden gewesen. Durch Karls Freundschaft, die Wärme und das Vertrauen, das Karl ausgestrahlte, hatte ich zunehmend die Gewissheit gewonnen, dass unser Planet nach solchen Bewohnern dürstete.

Und doch verhieß mir seit kurzem mein Leben, die Freundschaft mit Karl nichts Gutes, es war mir, als ob gerade diese seine Perfektion zum Verhängnis werden konnte.

Es läutete an der Tür, Punkt ein Uhr. Das konnte nur Karl sein. Das Catering war zwar auch für diese Uhrzeit bestellt, doch es musste Karl sein. Er war noch nie unpünktlich gewesen und würde es nie sein, solang es in seiner Macht und in seinem Einflussbereich gestanden wäre die Vereinbarung zu erfüllen. Ich lief zur Tür und öffnete. Karl strahlte, umarmte mich und hielt mir eine Flasche Wein entgegen, eine der wohl besten und sicher teuersten, die man in dieser Stadt bekommen konnte.

„Mein Freund, wie schön Dich wieder zu sehen. Du bist mir schon abgegangen!" Aus einem Gefühl, dessen Herkunft ich nicht kannte, nahm ich diese Begrüßung Karl nicht zur Gänze ab.

Ich führte ihn ins Esszimmer, wir nahmen Platz, und kaum gesessen klingelte es wieder an der Tür.

„Du erwartest noch jemanden?", fragte Karl verwirrt.

„Das muss das Cateringservice sein. Ich habe für uns Essen bestellt. Du weißt ja, meine Kochkünste reichen nicht mal für die Vorhölle."
Karl schmunzelte wohlwissend, ich ging zur Tür.
Wie erwartet steckte man mir das Essen zu. Ich bezahlte und brachte alles in die Küche.

„Wärst Du so lieb die Flasche zu öffnen und gleich einzuschenken?", bat ich Karl, während ich die Suppe in Teller gab. „Du weißt ja, wo alles ist. Viel ist bei mir in der Küche sowieso nicht zu finden."

Karl tat wie gebeten. Er öffnete die Weinflasche, nahm zwei Gläser aus der Vitrine und schenkte ein. Karl erzählte mir nebenbei, wie der Abend noch verlaufen war, an dem wir uns das letzte Mal getroffen hatten und ich vorzeitig verschwand. Die drei Damen hatten Karl noch angenehme Stunden bereitet, konnte ich seiner Schilderung entnehmen, vermochte aber nicht einzuschätzen, wie Karl das meinte. War auch nicht wichtig, es interessierte mich gar nicht, da ich mit Karl nun Großes und Weltveränderndes vorhatte.

Ich stellte die Suppenteller auf den Esstisch, Karl kam mit den Gläsern nach. Die Suppe stellte sich als vorzüglich heraus, was Karl bestätigte. Mit dem zweiten Gang wollte ich noch etwas warten, nahm mein Glas in die Hand.

„Nun denn, lieber Karl, stoßen wir an auf unsere Freundschaft und dass sie noch lange währen soll."

Ein dezentes ‚Kling' hallte in unseren Ohren, der Wein mundete.

„Wir sollten den Abend im Lokal von letztem Mal wiederholen.", schlug ich vor. Karl nickte.

„Ja, da hast Du recht. Angenehme Musik, guter Wein, schöne Frauen."

„Entschuldige mich bitte kurz."

Ich erhob mich und ging in den Vorraum, öffnete ein Fach der Kommode und griff nach einem Elektrokabel, das ich am Vortag dort verstaut hatte. Auf geeignete Länge gekürzt, erschien es mir passend und für den Zweck wohlfeil. Ich rollte es ein, packte es in die Sakkotasche und ging zurück zu Karl, der mich fragte.

„Wie fandest Du eigentlich die Damen von letztem Mal? Waren ja ausnehmend attraktiv, nicht?"

„Oh ja, ich sag mal so: Bemerkenswerte Erscheinungsbilder!"
„Ich schau mal, ob ich sie zu einem Rendezvous überreden kann."

Meine Hände fingen an zu zittern, ich dachte an meinen Plan, den ich vorhatte durchzuziehen. Ich hatte mit solchen Dingen ja noch wie was am Hut gehabt, ging völlig jungfräulich in diese Situation. Das Ende des Geplanten war von mir noch nicht vollkommen durchdacht, aber das würde sich ergeben.

„Übrigens, hast Du von dem neuen Lokal in der Hausmannstraße schon gehört? Soll ein total schickes Örtchen sein, gute Atmosphäre, super Musik. Hat vorgestern eröffnet."

Wie Karl es schaffte immer am Laufenden zu sein, was die Lokalitäten der Stadt betrifft, war mir oft schon schleierhaft gewesen.

„Nein, noch nicht.", merkte ich beim Erheben an.
Ich ging zur Steckdose und belebte den Kühlschrank durch Anstecken des Versorgungskabels mit zitternden Händen. Im selben Augenblick sah ich ein Aufblitzen von Karls Augäpfeln, Lichtfunken wie kleine Sterne sprühten für ein paar Zehntelsekunden hinter seinen nun geschlossenen Lidern. Karl öffnete sichtlich mühsam seine Augen und blickte zuerst den Kühlschrank an, dann mich und lächelte.
Ein langgezogenes „Aaaahhh!" unterbrach die Stille. Der Kühlschrank erwachte aus dem Schlaf wie ein von Menschenhand erschaffenes künstliches Wesen, das sich langsam und furchterregend aufrichtet und seinem Herrn an die Gurgel will.
Ich griff in die Sakkotasche, nahm das Kabel in die rechte Hand und versuchte mich unauffällig hinter Karl zu positionieren. Er wollte gerade den Kopf wenden, als ich mit schnellen Zügen das Kabel um seinen Hals schlang und so fest wie möglich zuzog. Karl röchelte, versuchte aufzuspringen und griff nach mir. Ich konnte geschickt unter

noch festerem Zug am Kabel Karls Griffen ausweichen. Er torkelte und fiel auf den Boden. Das war die Chance mein grausames Vorhaben zu vollenden. Karl versuchte aufzustehen, doch ich drückte ihn mit dem linken Knie auf den Boden, hockte mich dann auf seinen Rücken. Karl kämpfte zunehmend ums Überleben, schaffte es jedoch nicht, sich aus meiner Umklammerung zu befreien. Sichtlich schwächer werdend und mit leisem Röcheln schien sich Karl dann doch seinem Schicksal zu ergeben.

Er hätte mir wohl noch einiges zu sagen gehabt, doch kein verständlicher Laut kam mehr aus seinem Mund. Nach etwa zwei Minuten merkte ich, wie Karls Bewegungen ihr Ende fanden und er sichtlich in den letzten Lebenssekunden lag. Mir wurde erst jetzt bewusst, welche Anstrengung und Energie es bedurfte einen Menschen zu töten. Wenn du aber einmal den Plan gefasst hast und du weißt, es ist der einzig mögliche, gangbare Weg aus der Misere deines Lebens, schaffst du es. Du schaffst es, weil der Mensch seinen ursprünglichen Überlebensinstinkt in Extremsituationen abrufen kann, weil der Zugriff auf jene Bereiche im Stammhirn abgerufen werden kann, wo das Prähistorische, Tierische sitzt. Und einmal dort angekommen, spielt ein Menschenleben keine Rolle mehr.

Ich hatte mit Karl schon einige Male darüber gesprochen, ob jeder Mensch wohl dazu fähig wäre einen anderen zu töten. Karl hatte mir immer beigepflichtet, dass er fest daran glaubte. Wie schnell sich seine Annahme in die Realität umsetzen sollte, war erschreckend.

Karl lag vor mir, regungslos und mit geöffneten Augen und Mund. Ich saß noch immer auf seinem Rücken, vermutlich schon mehr als fünf Minuten. Langsam konnte ich die Situation erfassen und erhob mich mit langsamen Bewegungen. Mir war die Anstrengung nicht nur ins Gesicht geschrieben, sondern in den ganzen Körper, alles tat mir weh bis auf mein Gemüt. Dieses hat sich durch den Tod meines Freundes Freiheit verschaffen. Ich bemerkte, dass ein sanftes Lächeln mein Gesicht verschönerte.

Auf dem Esstischsessel sitzend blickte ich auf Karl. Ein halbes Jahr nach unserem Kennenlernen lag er nun vor mir auf dem Boden und starrte ins Leere. Ich fühlte mich befreit, gar euphorisiert, wusste, dass dies der einzige und wichtige Schritt gewesen war um mein Seelenheil zu erlangen.

Langsam kam ich wieder zurück in den Normalmodus und realisierte das Getane und die Situation. Das logische Denkvermögen erfasste wieder meinen Geist, aus dem Tier wurde langsam wieder der Mensch, aus Jekyll Mister Hyde.

Was sollte ich nun mit Karls Körper machen? Ich konnte ihn ja nicht hier im Esszimmer liegen lassen. Über seine Entsorgung hatte ich mir keine konkreten Gedanken gemacht. Und überhaupt: Wie konnte ich nur so kalte Gedanken haben? Ich hatte Gedanken über die Entsorgung meines besten Freundes, wie kaltblütig konnte ein Mensch bloß werden.

Niemand würde das verstehen, was in der letzten Viertelstunde hier in meiner Wohnung ablief, niemand würde meine Beweggründe gutheißen. Aber es war nicht wichtig, es musste mich keiner verstehen, ich erwartete es auch von keinem, dass er mich verstünde. Ich tat, was ich tun musste, Punkt.

Ein auf den ersten Blick unverständlicher Gedanke kam mir plötzlich in den Sinn, der sich im Laufe der nächsten Sekunden als doch nicht so absurd herausstellte und sich sogar umsetzen lassen sollte. Ich ging zu Karl, ergriff ihn an den Achseln, schleifte ihn zum Kühlschrank und wollte gerade dessen Tür öffnen, da ging diese plötzlich langsam wie von Geisterhand betätigt auf. Im Inneren brannte das Licht, nun aber viel heller als bisher, viel intensiver und in einer noch nie gesehenen Farbe. So, als ob es mir den Weg leuchten wollte.

Ich räumte alles aus dem Kühlschrank, was ein Leichtes war, da ich doch kaum was darin verstaut hatte. Bloß ein Tomätchen war zu entnehmen und ein paar Gitterroste. Nun blieb mir nur mehr Karl in den leeren Kühlschrank zu stopfen, ein schwieriges Unterfangen, das aber dennoch nicht unmöglich schien, da Karl schlank und von nicht allzu großer Körperlänge war. Hätte ich beim Kauf gewusst, was auf den Kühlschrank zukommen sollte, hätte ich wohl ein größeres Gerät gekauft. Es machte mir enorme Mühe, Karls Körper in die optimale Lage zu bringen, ihn perfekt zu biegen und dann hineinzudrücken, während ich überlegte, ob es in der Menschheitsgeschichte schon jemals einen einzigen Idioten gegeben hatte, der einen wohlgemerkt nicht zerteilten Körper in einem Kühlschrank verstauen wollte. Wohl nicht. Wenn doch, dann konnte ich wenigstens meine Erfahrungen mit jemand anderem teilen.

Karl saß nun mit angezogenen Beinen und gesenktem Kopf im Kühlschrank, verbogen und verzerrt, den vorhandenen, knapp bemessen Raum vollständig ausfüllend. Er sah mit sich selbst ins Reine gekommen aus. Ich schloss seine Augen, zumal er nun seine Frieden gefunden hatte. Ein paar Handstriche noch über ein paar Knitterfalten seiner Kleidung, dann konnte ich Karl in einem ansehnlichen Zustand hinterlassen. Mein abschießender Schritt war nun das Schließen der Schranktür, was ich mit dem Akt des Hinablassens eines Sarges in sein Grab verglich. Ein letzter Schritt, ein Abschluss eines Kapitels meines Lebens.

Nachdem ich die Kühlschranktür geschlossen hatte, bemerkte ich plötzlich, wie die Umrisse des Gerätes langsam blasser und undeutlicher wurden. Ich machte mir um meinen Geisteszustand Sorgen, versuchte diese Umfeldeindrücke mit Stress zu erklären, dem ich in der letzten Stunde ausgesetzt gewesen war.

Der Kühlschrank wurde von Sekunde zu Sekunde transparenter, verblasst immer mehr bis er schließlich wie von Zauberhand verschwunden war. Dort, wo bisher der Schrank gestanden war, offenbarte sich mir nun …. nichts, als ob dort noch nie etwas gestanden wäre.

Ich fühlte mich ein Stück befreiter, jegliche Last schien von mir abgefallen zu sein, was mir ein Lächeln ins Antlitz drängte. Auf dem Esstischsessel sitzend starrte ich nun auf das Nichts, dort wo früher der Kühlschrank stand. Nur eine kleine Ameise, die auf dem angestarrten Platz über den

Boden rannte, störte den seligen Moment. Friedliche Stille gab dem Jetzt einen feierlichen Touch.

Von Karl weit und breit keine Spur mehr. Ich wäre bis heute nie auf den Gedanken gekommen, dass er ein Problem für mich werden könnte oder sollte. Mein Leben mit Karl, meinem besten Freund, war perfekt gewesen, perfekt bis zu jenem Augenblick heute morgens, als ich den Plan ins Auge gefasst hatte ihn zu töten.

Ein Blick auf die Uhr sagte mir, dass jetzt die beste Zeit gewesen wäre, meinen Freund Fritsch in der städtischen Altstoffsammelstelle zu entsorgen und mit diesem Akt mein Leben zu entrümpeln. Aber das war nun nicht mehr nötig.
Nach ein paar kurzen und abschließenden Gedanken an Karl beschloss ich zum Baumarkt zu fahren, einen stinknormalen, einfachen, blassen und stummen Kühlschrank ohne Schnickschnack zu kaufen und mir einen Job zu suchen.
Der normale, handelsübliche Alltag hatte mich wieder.

············